БЕККА НА МОРЕ

БЕККА НА МОРЕ

Дейдра Бейкер

поляндрия
издательский дом

2021

УДК 821.133-3-93=161.1
ББК 84(7Кан)-442
Б41

Becca at Sea
Deirdre Baker

Перевела с английского Анжелика Голикова

Бейкер, Дейдра.

Б41   Бекка на море / Дейдра Бейкер ; перевод с английского: Анжелика Голикова. — Санкт-Петербург : Поляндрия Принт, 2021. — 192 с.

ISBN 978-5-6045050-2-1

ISBN 978-5-6045050-2-1

Посвящается Бобу Гибсу
*sine quo non**

1. Семнадцать жемчужин

〜〜〜〜〜〜〜〜〜〜〜〜〜〜〜〜〜〜

— Пойдём, Бекка, — позвала бабушка.

— Минутку, — откликнулась Ребекка. Она махала родителям, пока паром, пыхтя, пересекал пролив и увозил их на остров Трибун, затем на остров Ванкувер, потом в город Ванкувер и далее в путешествие по Европе.

— Бекка, нам пора, — добавила бабушка.

Бекка не то чтобы возражала. Просто она никогда прежде не оставалась у бабушки в феврале, а мама и папа не уезжали так далеко. И пропускать школу! Это тоже странно. Ни тётушек, ни дядюшек, которые разнообразили бы будни. Ни кузин. Что ж, это как раз, может, и к лучшему. Друзей тоже нет. Хотя она привыкла, что на бабушкином острове все дети были либо подростками, либо младенцами.

— Мне нужно покормить кота, — сказала бабушка.

Бекке не было страшно, но обычно она приезжала сюда летом. Она привыкла к тому, что соседи отдыхали на пляже, а папа и тёти часто спорили с бабушкой, что иногда было забавно, а иногда — нет. Привыкла долгими светлыми вечерами рыбачить вместе с мамой на берегу, хотя на самом деле лосося на блесну лучше ловить с лодки. Во время долгих закатов она частенько пробиралась на чужие садовые участки, а соседка Кей угощала её сладкой морковью прямо с грядки.

Но сейчас они едва добрались до дома, как уже стемнело, а до ужина ещё было далеко.

— Иди сюда, Фрэнк! — позвала бабушка кота. — Бекка покормит тебя!

В домике было холодно, и бабушка зажгла огонь на плите. Они ели тосты и яйца за столиком у окна, но Бекка даже не могла разглядеть бухту. Лишь её собственное отражение шевелилось в темноте, будто ночь была стеной, скрывавшей пляж, море, острова и горы на том берегу.

— Туман опустился, — сказала бабушка, сходив к поленнице.

Бекка вертела в руках бутылочку с жемчугом, собранным бабушкой за долгие годы. У мамы тоже был жемчуг — ожерелье, которое она надевала, когда они с папой выходили куда-то в свет. Мамины жемчужины были идеально круглыми, элегантными и праздничными. Они напоминали Бекке о красивой одежде и запахе духов.

Бабушкин жемчуг был маленьким, как семена ежевики, бугристым, неправильной формы. Она собирала его из устриц, найденных на пляже. Этот жемчуг напоминал Бекке о мокрой обуви, море и загадочных явлениях, происходивших внутри устриц.

Но у маминых и бабушкиных жемчужин было кое-что общее: они сияли лунным светом.

— Чем ты обычно занимаешься по вечерам? — спросила Бекка бабушку.

— Раз мы вдвоём, поиграем в «Скрабл».

Бекка достала «Скрабл». Играли бурно. Снаружи туман оставлял следы на окне, а звуки моря стихали и растворялись.

— Ты не можешь составить слово *путин*!* — воскликнула бабушка. — Оно не английское. Так нельзя.

— Но в английском нет слова, означающего *путин*, — возразила Бекка. — Значит, можно. Путин — это путин. Смотри! Тогда я смогу использовать почти все буквы. И ещё превратить *лот* в *плот* и получить бонусные очки.

— Можно использовать только английские слова, — настаивала бабушка. — И вообще *путин*

_____

* *Пути́н* (*фр.* poutine) — квебекское блюдо из картофеля фри, посыпанного молодым рассольным сыром и политого слегка подслащённой гарнирной подливкой.

по-английски — это жареная картошка, сыр и соус. Просто не в одно слово.

— Но оно есть в словаре «Скрабла», — сказала Бекка. — Мы как-то заглядывали в него.

— Словарь «Скрабла»! — фыркнула бабушка. — В старые добрые времена мы использовали свой мозг. Так я играю, и такие правила у меня дома: использовать английские слова и собственный мозг.

Бекка увидела ещё одно слово, которое она могла бы составить. «Пудинг», — произнесла она по буквам, глядя на доску. Похоже, эта поездка к бабушке окажется хуже, чем она думала.

Бабушка выиграла, наверное, миллион очков.

— Видишь? Даже если бы ты получила бонус за все буквы, я бы всё равно победила, — сказала она.

Бекка, не говоря ни слова, убрала игру в коробку.

— Что ж, нам пора идти, — объявила бабушка.

На улицу? Но там уже темно и холодно.

— Куда идти?

— Собирать устриц. Надевай сапоги, Бекка.

Бабушка бросила в рюкзак нож для устриц и старые варежки-прихватки.

— В темноте?

— Ага.

Сначала неудачная игра в «Скрабл», теперь бабушка тащит её в тёмный туманный лес. Это напомнило Бекке жуткую сказку, которую она когда-то читала.

— Держи меня за руку, — прозвучал во мраке бабушкин голос. — Ты же не хочешь споткнуться.

— Может, включим фонарики? — спросила Бекка. — И почему мы не можем собрать устриц на твоём пляже?

— Фонарики пригодятся нам позже. Твои глаза не привыкнут к темноте, если мы включим их сразу. А туман даёт свой собственный свет. Мы пойдём на мыс Мэйфилд: на том пляже самые лучшие устричные отмели. Надеюсь, у тебя полно сил. Идти далеко.

— Чем так пахнет?

Они остановились на дороге, и бабушка принюхалась.

— Кровью деревьев, — отозвалась она. — Соком. Кто-то расчищает участок, чтобы построить дом.

Кровь деревьев. Бекка вздрогнула.

Туман плыл сквозь лес. Иногда Бекка могла разглядеть стволы, а иногда и ветви. Вместе с бабушкой они шли по тропинке к мысу Мэйфилд в мерцающей дымке, вдыхая капельки влаги, светлевшие в ночи.

— Ты слышала? — бабушка резко остановилась и притянула Бекку к себе. Та внимательно прислушивалась. Может, это рой насекомых, шелестящих в листьях салала.

— Это твой собственный звук, — сказала ей бабушка. — Ты слышишь звук своего сердца — это пульсирует твоя кровь.

И тут Бекка услышала шум внутри своей головы, будто она прижала к уху раковину натики и вслушивалась в ритм океана. Звук её собственного сердца.

Они продолжили путь. Тропинка извивалась сквозь лес к морю. Ноги Бекки подсказывали, что она шла в гору, а потом она проходила мимо дерева с орлиным гнездом.

— Орлы всё ещё здесь? — спросила она, сжимая бабушкину руку.

— Да, но их дети уже подросли, — ответила бабушка. — Смотри, мы выходим на пляж.

Но смотреть было не на что: кругом туман. Бекка почувствовала гальку под ногами и ударилась голенью о корягу. Она слышала хлюпанье водорослей и хруст устриц.

— Теперь можно включить фонарик? — спросила она.

— Через минуту.

«Бабушка, должно быть, видит в темноте», — подумала Бекка, споткнувшись рядом с ней.

— Вот хороший камень, — сказала бабушка и села на него. — Фу! Совсем мокрый!

Бекка рассмеялась.

— Ладно. Приноси мне устриц, а я буду их чистить, — добавила бабушка.

— Как думаешь, где они сейчас? — спросила Бекка.

— На пляже!

— Нет, я про маму и папу, — продолжила Бекка. — Может, они отменили поездку из-за тумана?

— Они над облаками, а мы прямо в них — в этих самых облаках. Они держатся за руки и говорят: «Бекка прекрасно проведёт время со своей старой бабушкой. Надеюсь, они не станут искать неприятностей!» — Бабушка замолчала. — Они ведь не знают, что на самом деле мы посреди ночи гуляем на пляже. Ну, где же устрицы?

— Можно мне включить фонарик?

— Ах, да! Сейчас можно!

— Я думала, тебе нельзя есть устриц, — сказала Бекка.

— Летом — да, — ответила бабушка. — В феврале всё в порядке, и даже лучше! Но мы возьмём немного. На рагу для нас с тобой и Фрэнка.

Рагу из устриц. Фу. Прямо как несправедливые правила «Скрабла» и ночные прогулки.

Бекка скрылась в тумане. Было так тихо, что внезапный плеск волны о сапоги удивил её.

Она стояла в воде, глядя на свои ноги в свете фонарика, на водоросли, улиток и всё остальное, что было таким ярким и чётким при дневном свете. Теперь всё казалось странным и загадочным, как будто пойманным врасплох в разгар тайной ночной жизни.

Спят ли сейчас улитки? А устрицы? Дышат ли водоросли по ночам, как деревья и кусты?

— Мне нужны устрицы, — донеслось из темноты напоминание от бабушки.

Бекка шлёпала дальше, подсвечивая себе путь. Устрицы рассыпаны по всему пляжу. У раковин были неровные твёрдые края-оборки, царапавшие пальцы.

— Можно мне попробовать? — спросила Бекка, когда принесла бабушке устриц. — Я никогда не чистила их.

— Почему бы нет? Только аккуратно.

Бабушка протянула Бекке варежки-прихватки, скользкие от устричной слизи. Она показала, как держать раковину и где поддеть её ножом, чтобы перерезать устричный мускул.

Она положила свою сильную руку на руку Бекки и помогла прокрутить нож.

— Получилось! — Бекка почувствовала, как раковина поддалась.

— Твоя первая устрица, — торжественно заявила бабушка.

— Внутри у неё тоже оборки.

— Это мантия — с её помощью она добывает себе пищу, — объяснила бабушка.

— Она мягкая! А что там за крупинки? — Бекка провела пальцами по холодной влажной устрице и нащупала твёрдые кусочки — песок или осколки раковины, подумала она.

— Погоди! — бабушка посветила фонариком на первую устрицу Бекки и рассмеялась. — Жемчуг! — воскликнула она. — Ты нашла много жемчуга!

— Правда? — Бекка была поражена, ощупывая перекатывающиеся крупинки. — Их тут целая куча! Мой собственный жемчуг.

— Осторожно! — сказала бабушка. — Чтобы ничего не потерять. Вот, можешь положить их сюда.

Она опустошила спичечный коробок, который хранила в рюкзаке, и Бекка положила в него жемчуг, стараясь не выронить ни крупицы.

— Тебе определённо повезло, Ребекка, девочка моя, — сказала бабушка. — Ты нашла целую горсть жемчуга за один присест. Даже не верится!

Бекка улыбнулась и выключила фонарик. Туман испускал собственный свет, а в её кармане лежал спичечный коробок с жемчугом.

* * *

Позже они с бабушкой укутались в спальные мешки прямо на пляже, а Фрэнк свернулся калачиком и заснул у ног Бекки.

— Это была какая-то неспокойная устрица! — удивлённо сказала бабушка.

— Семнадцать жемчужин, — воскликнула Бекка, они сосчитали их в тёплом доме. — Семнадцать!

Бекка могла услышать бабушкину улыбку. Однобокая луна светила сквозь туман так, что они сами теперь лежали в жемчужном свете.

— И это та же луна, — сказала Бекка.

— Да. Одна и та же луна сияет всем нам, — ответила бабушка.

2. Сельдь

~~~~~~~~~~~~~~~~~~~~~~~~~~~~~~~~~~~~~~

— Жить на острове, конечно, хорошо, но без лодки не обойтись, — заявила бабушка. — Сегодня последний день, как насчёт морской прогулки?

Шестнадцать дней пролетели незаметно. Обычно было дождливо и ветрено, но иногда солнце радовало тусклым зимним светом. Бекка натаскала столько дров, что и не сосчитать. Она узнала о скользких водорослях, растущих зимой на песчанике. Синяк после этого открытия у неё до сих пор не прошёл. Она считала свиязей, каменушек и чистиков для ежемесячной бабушкиной переписи птиц. Ей пришлось научиться переворачивать компост. Она даже искупалась в ледяной воде, хотя это произошло случайно и только потому, что бабушка попросила её помыть овощи в море. В море! Почему не в раковине? Но так бабушка вела домашние дела. В тесной связи с природой.

Бабушка достала телефон.

— Кому ты звонишь? — спросила Бекка. — Лодочному мастеру?

— Нет, я звоню Дугальду. Тсс!

Звонком Дугальду бабушка называла местный прогноз погоды по телефону. Она слушала внимательно, молча.

С прогнозом погоды не поговоришь. Он ведёт монолог. На записи звучал то женский голос, то мужской. Но это всегда был «звонок Дугальду», потому что у Дугальда самый приятный голос и самое интересное имя. «Приветствую, — говорил голос, полный тепла и уверенности. — Это Дугальд блабла с местным прогнозом погоды».

— Что он сказал? — спросила Бекка, повиснув на лестнице, ведущей на чердак, где была спальня.

— Сегодня другой голос, — сказала бабушка. — Но чьим бы он ни был, ветер переменный от пяти до десяти узлов. Антициклон принёс стабильную ясную погоду. Идеальный день для катания на лодке. На выход! — приказала она, и Бекка спрыгнула с лестницы и поспешила натянуть сапоги.

В сарае для лодок бабушка вручила Бекке спасательные жилеты и пару вёсел. Затем погрузила мотор и бензобак в тачку и покатила её к берегу моря.

— А где же лодка? — спросила Бекка. Старая бабушкина лодка, «Бургомистр», стояла в «сухом доке», заросшая салалом, позеленевшая от водорослей и осевшей за долгое время древесной пыльцы.

— Под домом, — сказала бабушка. — Я купила новую на день рождения. То есть новую для меня. Она подержанная. Удачная сделка!

Под домом? Бекка вспомнила, как непросто было протиснуться туда, когда она играла в прятки со своими кузинами. Какую лодку бабушка могла хранить там?

Бабушка вернулась с тачкой и вытащила из-под дома огромную спортивную сумку.

— Это лодка? — спросила Бекка.

— Это «Зодиак».

Бекка взглянула на небо.

— Не звёзды, — сказала бабушка. Она кинула сумку в тачку и направилась к берегу. — А надувная лодка, сделана во Франции.

Может, она и надувная, думала Бекка, но пока они с бабушкой пытались справиться с её деталями, она больше напоминала одну из тех головоломок, которые дают учителя, чтобы проверить твой мозг. Даже формы досок напоминали эти тесты.

— Кажется, нам с ней не справиться, — в конце концов сказала Бекка. Предвкушение путешествия терялось в переживаниях по поводу того, как вставить доски в дно «Зодиака» — если, конечно, оно так называется. Возможно, это палуба.

— Что ты имеешь в виду? — Бабушка держала доску в форме трапеции и одновременно пыталась прочитать инструкцию.

— Montage*, — произнесла она. — Le volet avant... l'intersection du fond et des flotteurs...** Где?.. — пробормотала она. — Надо было чаще заниматься французским. Так, а это куда ставить? Les longerones?***

— Они идут вдоль бортов, — сказала Бекка.

— Я думала, ты знаешь французский, — ответила бабушка. — Но, судя по всему, нет, потому что насчёт лонжеронов ты ошибаешься.

— Они только здесь и могут стоять! — воскликнула Бекка.

— Хм-м-м, — произнесла бабушка. — Если ты будешь кричать на меня, то никуда не отправишься — ни в «Зодиаке», ни без него.

«Я действительно хочу торчать с ней в одной лодке?» — спрашивала себя Бекка.

Лонжероны встали именно туда, куда она сказала. Заливаясь по́том, они возились с ножным насосом, резиновыми прокладками и колпачками клапанов, которые не так уж легко завинчивались; установка мотора тоже оказалась хлопотным делом.

---

* Сборка (*фр.*).
** Передний клапан... пересечение дна и бортов... (*фр.*).
*** Лонжероны (*фр.*).

Бабушка бросила ножной насос и руководство по эксплуатации в спущенный на воду «Зодиак».

— Не хочу нести их обратно, — сказала она. — Лучше возьмём с собой.

Даже после всех неурядиц Бекке понравился «Зодиак» с его надувными бортами и носом. Грести приходилось, сидя на дне лодки, так как сидений не было, а вёсла были довольно короткими, чтобы она могла нормально ими работать. Она отчалила от берега, почти не брызгаясь.

Что бы сказали кузины Люси и Алисия, если бы увидели её сейчас? Будь они здесь, ей пришлось бы целый час спорить, чтобы ей дали погрести. Хоть что-то хорошее в том, что она одна гостит у бабушки.

Та как раз опустила мотор в воду, отрегулировала дроссель и потянула пусковой шнур.

— Ты уже делала это раньше? — спросила Бекка, заметив, как покраснело бабушкино лицо.

Бабушка ещё раз дёрнула шнур.

— Извини, что?

И ещё раз.

— Я могу грести и дальше, — предложила Бекка. Это было даже хуже, чем спорить из-за «Скрабла» и переворачивания компоста.

Кхе! Кхе! Стук! Стук!

— Ты что-то сказала? — спросила бабушка, усевшись по-королевски, повернув румпель и направив лодку в море.

За бортом Бекка увидела коричневые водоросли, зелёную воду, блестящий песок и чёрные пятна морских ежей. А потом дно исчезло.

Подняв взгляд, она заметила, что бабушка ведёт лодку вдоль берега.

— Куда хочешь отправиться? — крикнула бабушка, взмывая над мартовской водой, бледной от светло-голубого весеннего неба.

— Давай обойдём весь остров! — воскликнула Бекка. — Смотри! Из твоей бухты выходит каяк!

— Наверное, это он рубит деревья — расчищает место для дома, — бабушка пыталась перекричать гул мотора. — Ладно, понеслись!

Бекка лежала на борту «Зодиака». Брызги морской воды попадали на волосы. «Зодиак» скользил на юг, подпрыгивая на волнах, и вскоре каяк у бабушкиной бухты превратился в едва различимое пятнышко.

— Смотри, вертолёт, — удивилась Бекка. — Это уже третий.

— Может, пилоты тренируются!

Показался домик Боулдингсов. А вот и мыс Мэйфилд. Они прошли мимо острова Камас с маяком. Мимо скал морских львов — теперь почему-то без морских львов.

— Мы ходили сюда на вёслах, когда твоя мама была маленькой, — сказала бабушка. — До того как стали продвинутыми. — Она похлопала по мотору. — Длинный тогда выдался денёк.

— Можно мне порулить? — внезапно спросила Бекка.

Выглядело не так уж сложно.

— Что ж, попробуй.

Бабушка показала Бекке, как повернуть ручку, чтобы увеличить или уменьшить скорость, как управлять румпелем и где на спасательном жилете крепится линь аварийного отключения мотора.

Затем она села рядом с ней, и Бекка направила лодку вдоль скал.

— Обычно здесь бывают бакланы, — сказала бабушка.

Над их головами загрохотал очередной вертолёт, Бекка пересекла вход в Адмиральскую бухту, направившись в сторону мыса Сэнди.

— Я не прочь немного ускориться! — воскликнула она.

Бекка привстала на колени, чтобы посмотреть, что ждёт их впереди. Наверное, только море, берег и деревья — и заснеженные горы острова Ванкувер. Синие, золотые, зелёные краски солнечного дня на бабушкином острове.

Она повернула ручку, и «Зодиак» промчался мимо мыса Сэнди, словно опасаясь расстаться с жизнью.

* * *

Но жизнь вокруг бурлила. Лодка ворвалась в гвалт миллиона чаек и тысячи морских птиц, круживших над водой, как шумное облако.

— Здесь не только чайки, — воскликнула бабушка. — А ещё скопы! И орлы! Смотри! — Бекка видела бабушкино море разным, но никогда прежде — таким. Будто в его синий цвет плеснули молока — и какой синий! Бирюза, аквамарин, лазурь — для такого оттенка не было названия.

— Что это? — Бекка перекрикивала шум чаек и гул мотора.

— Молоки! — бабушка стояла на коленях на носу лодки, лихорадочно вытаскивая бинокль из рюкзака.

— Молоко? Как молоко?

— Не молоко, а МОЛОКИ! — бабушка широко улыбнулась. — Сельдь, Бекка!

«Зодиак» скакал по воде большими прыжками. Бекка плюхнулась на дно лодки, вцепившись в румпель.

Ей приходилось остерегаться не только исступлённо кричащих птиц. Здесь были сотни лодок —

24

траулеры, ялики, прогулочные катера, корабли береговой и рыбоохраны. Над головой с воем носились гидросамолёты и вертолёты, словно обезумевшие морские птицы.

— Что они здесь делают? — крикнула Бекка.

— Ждут новостей, созрела ли сельдь!

— Прозрела? Как прозрела?

— Не прозрела, а СОЗРЕЛА! — воскликнула бабушка.

«Разве сельдь созревает?» — удивилась Бекка. Если только речь не о запахе. Копчёная селёдка, рольмопс... фу.

— Заглуши мотор! — крикнула бабушка.

— Что значит «созрела»? Что происходит?

— В это время года сельдь приходит на нерест! Рыба откладывает икру в водоросли, затем вылупляются мальки, и можно разглядеть, как они появляются и уплывают. Прямо как рыбки-призраки! Прозрачные! Смотри, куда плывёшь! Осторожно, морской лев!

Бабушка съёжилась и прикрыла голову. Огромная волна чуть не затопила их.

Пока тюлени и морские львы толпами ныряли и выныривали, «Зодиак» качало и бросало из стороны в сторону. Настойчивый лай морских львов, крики чаек, странный высокий смех орлов и грохот вертолётов оглушали Бекку. Хвосты шлёпали по воде. Клювы щёлкали, резали и рвали. Орлы вытягивали острые как бритва когти и хватали добычу. Вода хлестала во все стороны, когда тюлени и морские львы вырывались на поверхность с рыбой во рту.

— Рыбакам нельзя начинать ловлю, пока сельдь не отложит икру, то есть не созреет, — крикнула бабушка, рассматривая в бинокль скопов и орлов. — Поэтому все и болтаются тут. Ждут разрешения от рыбоохраны!

— А морские львы не ждут! — воскликнула Бекка, с силой толкая румпель, уворачиваясь от толстого тюленя.

Похоже, бабушка её не расслышала. Чайки бешено махали крыльями, плюхались в воду и взлетали с забитыми сельдью ртами. С визгом и криками, с раскрытыми клювами, высунутыми языками, хлопающими крыльями, вибрирующими глотками.

У Бекки гудела голова. Рука горела от напряжения, с которым она удерживала лодку в равновесии. Море бурлило, пенилось и меняло цвет. Тюлени и морские львы метались в беззаботной суматохе, и лодка колыхалась на поднятых ими волнах. Бекке пришлось пригнуться, когда орёл пролетел прямо над ней, так близко, что она могла разглядеть жёлтый глаз, крючковатый клюв и почувствовать ветер от его крыльев в своих волосах.

— Бонапартова чайка, — прокричала бабушка. — Молодая полярная. Смотри, там скопа, и вон ещё одна. А это крачка? Крохали. Каменушки. И бакланы, гляди! Ой!

Струи воды ударили Бекку по голове.

— Мы утонем! — крикнула она. — К нам может запрыгнуть морской лев! Тут так громко! И мокро! Уйдём отсюда!

Вдруг бабушка оказалась рядом с Беккой и заглушила мотор.

— Будем дрейфовать! Это не так страшно.

— Дрейфовать! Нас затопит!

Из-за суматохи миллионов птиц, рыб, лодок и морских млекопитающих «Зодиак» вздыбился и задрожал, словно беспомощная сельдь.

Море было чёрным от рыбы. Тёмные спины повернулись к Бекке — столько, что за ними ничего не было видно, шеренга за шеренгой, брюхо к брюху, бок к боку.

— Выглядит так, словно море зарастает мехом, — крикнула она, опираясь на борт «Зодиака». Повсюду из воды торчали плавники сельди. Они вздымались, как свежевыросшая трава, как тёмная лужайка.

Внезапно лодка накренилась.

— Смотри не упади! — крикнула бабушка. — А то мы никогда не отмоем тебя от вони! Это называется «финнинг» — когда сельдь вот так торчит из воды плавниками!

Бекка изо всех сил держалась за края «Зодиака». Она легла на надувной борт, чтобы вглядеться в воду. Он обволакивал её, словно защищая от зубов и челюстей морских обитателей.

— Откладывание яиц — дело волнительное, — сказала бабушка.

Она говорила с такой уверенностью — можно было подумать, что она сама откладывала яйца.

Борт «Зодиака» и вправду был довольно удобен, только жадные тюлени и морские львы продолжали поднимать волну и грозились ударить её своими хвостами.

Хлюп! Их снова качнуло — морской лев ринулся в атаку. Надувной борт зажал Бекку, и её лицо почти опустилось в воду.

Тут же, в одно мгновение, перед её глазами оказалась мокрая усатая морда. Узенькие ноздри, огромные круглые глаза, мокрый мех — такая настоящая! — и так близко! И уставилась на неё с селёдкой во рту!

Бекка вскрикнула. Её голова опустилась в море, сельдь и всё остальное.

Тюлень исчез.

— Бабушка!

Сердце Бекки бешено колотилось. Дно «Зодиака» изогнулось, и бабушка сказала:

— Ну и ну, похоже, у нас течь.

И где-то поблизости раздался мужской голос:

— Вам помочь?

Случилось всё и сразу.

— Помогите! — Бекка отпрянула от борта лодки. — Мы тонем! Мы идём на дно! Тот тюлень вонял!

— Что? Что ты такое кричишь? — рявкнула бабушка. — Ты не утонешь! И что случилось с нашей лодкой?

— Вам помочь? — снова услышала Бекка и в тот же миг заметила, что «Зодиак» провис в некоторых местах. Надувной борт лодки издал вздох, и одна камера сдулась прямо у неё на глазах.

— У нас есть насос, — сказала Бекка, вытирая испачканное селёдкой лицо. Ей совсем не хотелось погибнуть посреди тюленей и морских львов. — Скорее! Нам нужно убираться отсюда! Ты видела того тюленя? Он чуть не напал на меня!

— Ему просто было любопытно, — возразила бабушка. — Взгляни на этого орла! У него в клюве, должно быть, штук тридцать рыб!

Бекка не знала, что делать. У них был ножной насос, но она не понимала, как им воспользоваться. Доски пола слишком шаткие, чтобы на них стоять, да и вообще в лодке вставать нельзя. Бабушка наблюдала за орлами, даже не думая о том, как уберечь полусдувшийся «Зодиак» от опасности. Обвисший борт уже клонился к морю. Вода заливала лодку, и вокруг них повсюду объедались и дрались, хватали и разрывали рыбу дикие существа, абсолютно безразличные к Бекке, бабушке и их прохудившейся маленькой лодке.

— Бабушка?!

— Извините, — Бекка снова услышала дружелюбный голос. Он принадлежал мужчине в каяке. — У вас проблемы? — спросил он.

— Здравствуйте! — сказала бабушка, опуская бинокль. — Чем могу помочь?

— Вообще-то, я хотел уточнить, могу ли я помочь вам, — отозвался мужчина. — Вряд ли у вас с собой есть насос?..

— Есть, — поспешила ответить Бекка. Она перерыла все рюкзаки и дополнительные спасательные жилеты, пока не нашла. С её мокрых волос капало после неожиданного умывания. А сердце колотилось слишком сильно.

Мистер Каяк подплыл к ближайшему к Бекке клапану и открутил его.

— Лодка новая, — сообщила Бекка. — Течи быть не может.

— Новая? — спросил мистер Каяк.

— Новая для нас. На самом деле «бэ-у».

— Ну, возможно, течи и нет, — сказал он. — Может, у вас что-то застряло в клапане. Он не прикручен как надо. Эй! — Ему пришлось ухватиться за борт, поскольку прямо у каяка всплыл тюлень.

— Может, проблема с клапаном и заглушкой? — предположила бабушка. — Или с мембраной?

Внеся свой вклад, она вернулась к биноклю, как будто с лодкой всё было в порядке, как будто им не грозила опасность затонуть посреди сельди и тюленей, свирепых морских львов и агрессивных птиц.

— Проблема с прокладкой, — сказал мистер Каяк, удивлённо глядя на бабушку. — А не с мембраной — хотя к ней присохли старые водоросли, из-за которых она не слишком плотно прилегала. Неважно, я уже почистил. Ваша «новая лодка» довольно старая, уж простите меня за такие слова. А прокладка... У кого-нибудь есть жвачка?

— А мокрый бумажный платок подойдёт? — спросила Бекка. — Если что, это просто морская вода, а не...

Мистеру Каяку, похоже, было всё равно. Он засунул платок в дырявый клапан.

— Вот так, пока этого хватит. Где насос?

— Как вы будете им работать?

— Особым образом, — сказал мистер Каяк и вставил носик насоса в клапан. — Кстати, привет. Меня зовут Макаллан. Можно просто Мак. А тебя? Ты примерно того же возраста, что и один мой знакомый. Упс!

Лодка снова внезапно накренилась, чуть не сбросив Бекку и Мака в море.

— Ой! Я Бекка. А это моя бабушка Изобель. У неё...

Она не знала, что сказать.

— У неё не слишком сильный инстинкт само-сохранения? — спросил Мак. — Почему ей не страшно? Или хотя бы не тревожно?

— Как дела? — внезапно произнесла бабушка, поворачивая бинокль, чтобы рассмотреть Мака.

— Рад знакомству. Птичий помёт — реальная опасность, — ответил он и вытер руку. — Хотя в некоторых культурах считается удачей, если на тебя накакали. Так вот...

Он взял в руки ножной насос и сжал. Мускулы на его груди напряглись. Бекка видела, как они движутся под футболкой. Насос фыркнул и начал ритмично шуметь — раз-два-три.

— Очень любезно с вашей стороны помочь нам, — сказала бабушка, наконец обратив внимание на что-то кроме дикой природы. — Спасибо.

Бекка пощупала борт «Зодиака». Уже твёрже.

— А если бы мы затонули! — воскликнула она.

— Ну, — сказала бабушка, — у нас оставалось ещё два невредимых отсека. Вот почему я не давала отвлекать себя от важных вещей!

Что может быть важнее, чем остаться в живых? Бекка сомневалась, что две другие воздушные камеры спасли бы их. Даже сейчас, когда мимо них проплыл рыбак, исходившая от него волна залила лодку. Если бы Мак не накачал тот борт, они уже болтались бы в море.

Если бы Бекка не застряла в лодке с бабушкой, она бы ушла подальше.

Мак закрутил колпачок клапана, хватаясь за «Зодиак», чтобы не упасть.

— Потом придётся починить клапан как следует, — сказал он, словно лодочный доктор. — Но этого должно хватить на обратную дорогу. Я, конечно, совсем не эксперт.

— Они с ума сошли! — воскликнула Бекка, когда морской лев подавился, набив полную пасть рыбой.

Бабушка опустила бинокль и улыбнулась.

— Осторожнее в каяке, — сказала она Маку. — Ветер переменный, от пяти до десяти узлов.

Мак рассмеялся.

— Хорошо-о, — согласился он. — Сегодня чудесный день. Для любителей зоологической турбулентности.

Он махнул нам веслом и уплыл.

— Я уверена, что встречала этого мужчину раньше, — сказала бабушка, глядя ему вслед. — Знакомый голос. А какое чудесное имя! «Макаллан» — один из моих любимых односолодовых виски.

— Что такое односолодовый виски? У меня все волосы мокрые, — отозвалась Бекка. — А от лица пахнет селёдкой. Как думаешь, тюлень пытался поцеловать меня или откусить мне голову?

— Будем считать, что поцеловать, — сказала бабушка, наконец убирая бинокль. — Думаю, нам пора. Скоро начнёт темнеть, а мы без фонариков.

— Я не хочу уплывать, — сказала Бекка. Это был последний вечер её семнадцатидневных каникул. Теперь, когда их унесло из эпицентра селёдочного безумия, она не хотела покидать море, или кричащих птиц, или икринки, из которых, по словам бабушки, вылупятся маленькие рыбки-призраки. Она не хотела покидать «Зодиак» и даже саму бабушку.

Но Бекка всё же направила лодку обратно вокруг мыса Сэнди. Шум и крики внезапно стихли, и они проплыли мимо скал из песчаника, Адмиральской бухты и маяка острова Камас.

— Тюлени, наверное, слишком объелись, чтобы вернуться сюда вечером, — сказала Бекка. — Их мамы не будут спать всю ночь.

Она управляла лодкой и, глядя на ускользающий из виду остров, задумалась. О семнадцати жемчужинах, которые нашла в лунном свете, о Фрэнке, выглядывающем из тумана, о своих сапогах, полных воды. О купании в марте и о полёте по морю на «Зодиаке», о мускулах Мака, подпрыгивавших, пока он накачивал лодку, о запахе крови деревьев, о шуме крови в своих ушах.

Без мамы и папы, без тёти, кузин, друзей. Семнадцать дней только Бекка и бабушка, и ни один из дней не был грустным или скучным. Иногда было нервно, но тоскливо — ни разу.

Она направила «Зодиак» в бухту бабушки. Заходящее солнце сверкнуло и отразилось в окнах домика, осветив воду. Бабушка перешла на корму и выключила мотор. В сумерках «Зодиак» волнами отнесло к берегу, и Бекка опустила руку в холодное море.

— Если считать мои жемчужины днями, то это последняя, — сказала Бекка. — Но если считать их приключениями, у меня ещё столько всего впереди.

3. Поход

~~~~~~~~~~~~~~~~~~~~~~~~~

В мае Бекка вернулась на бабушкин остров вместе с папой и кузинами Люси и Алисией.

— У меня столько дел, — сказала мама, целуя её на прощание. — Летом я приеду. Люблю тебя.

Бекка сложила пальцами сердечко, и они уехали.

— Я ни за что не буду пахать все выходные в огороде, — заявила Люси, как только села в машину.

— Жизнь слишком коротка, — согласилась Алисия.

Бекка вздохнула.

Алисии было четырнадцать, а Люси — двенадцать. Бекка восхищалась их решительностью, но по-прежнему надеялась, что где-то поблизости будет Мак или кто-то ещё, с кем будет интереснее, чем с кузинами. Она представляла себе человека надёжного, но не властного. С отличными идеями для прогулок, но который будет слушать не только себя. Друга.

С другой стороны, Люси и Алисия могут помочь перевернуть компост.

— То есть я не прочь покопаться, но мы же едем на каникулы, — продолжила Люси.

— Там есть много других дел, — напомнила Бекка.

— Мы знаем, — сказала Алисия. — Мы ездим туда дольше тебя.

«Возможно, — подумала Бекка. — Но вы никогда не находили семнадцать жемчужин».

Пока папа заезжал на первый паром, а потом на второй и третий, она всё думала о жемчуге. А когда они приехали, бабушка пригрозила подать им на ужин копчёную селёдку, потому что это было любимое блюдо Фрэнка.

* * *

На следующее утро Фрэнк отправился с ними в общественный сад. Бабушка открыла ворота, защищающие от оленей, Фрэнк важно зашагал вперёд, и все последовали за ним.

— Никогда не оставляйте ворота открытыми, — предупредила бабушка, закрывая их. — Олени съедят всё, что попадётся им на глаза, и у моих соседей случится истерика.

— Знаю! — хором сказали Люси и Алисия, словно были одним человеком.

Сад казался оазисом среди полей осоки и ежевики. У каждого соседа был отдельный участок, а вся территория огорожена от оленей металлической сеткой и колючей проволокой.

— Душистый горошек Кесвиков мне уже по колено, — сказала Люси.

— О, ты же их знаешь, — отозвалась бабушка. — Заядлые садоводы!

Бабушку никто не мог назвать заядлым садоводом. Вот почему она заставляла копать всю семью.

— Гляди! — указала Алисия. — Томаты Кей уже зацвели, а твои ещё даже не посажены.

— Эй! — воскликнула бабушка. — Вы что, отряд садовых инспекторов? Лаванда уже разрослась. И взгляните на розмарин — он огромный!

Это были единственные растения, которые Бекка узнала на бабушкином участке среди моря травы, сорняков и засохших палок.

— У тебя ещё вон какой крепкий чертополох, — добавил папа. — Не забывай о нём!

Бекка заметила, что папа скрывает улыбку.

— Это очень вкусный розмарин! — обиженно сказала бабушка.

— Розмарин! — фыркнул папа.

— В следующем году, как приедем зимой, можем укрыть всё водорослями, — сказала Бекка. — Кей так делает. Она говорит, что водоросли не дают прорастать траве и сорнякам. Она называет это «уложить сад спать». Тогда у тебя тоже будут и лаванда, и розмарин, и цветы, и овощи.

— Водоросли! — воскликнула бабушка. — С солью! Ужасно для сада! Даже не думай об этом!

Но Бекка видела прекрасно растущие цветы и овощи Кей. Они совсем не выглядели так, будто водоросли им навредили.

— Откуда начнём? — спросила она.

— Отсюда, — Люси указала на землю у ног Бекки. — Дюйм за дюймом. Или сантиметр за сантиметром, как угодно. — Она многозначительно вздохнула: — И так каждый год, да, дядя Хилл?

И она всадила садовые вилы в заросли травы.

Бекка тоже воткнула вилы в твёрдую почву. По крайней мере, в одном Люси и Алисия правы. Это тяжёлая работа.

* * *

Светило жаркое майское солнце, и постепенно зелёный ковёр весенних сорняков превратился в коричневые холмики вскопанной влажной земли. Ладони Бекки раскраснелись от работы, а на глаза капал пот.

— Вы, девочки, так хорошо потрудились, что я могу отпустить вас после обеда, — сказал папа, пока они ели сыр, овсяные лепёшки и шоколад, устроившись на земле рядом с садовыми инструментами, бочками с водой и тачкой.

— Всё, чего я хочу, — пойти поплавать, — простонала Алисия.

— Я тоже! — Бекке не терпелось прыгнуть в море.

— Может, через пару часов, — сказал папа. — Перекопаем весь участок, сделаем перерыв, а завтра будем сажать.

— Договорились! — хором вскрикнули Люси и Алисия.

Бекка заметила, как они переглянулись. Она знала этот взгляд. Что-то затевалось. У них был план.

*   *   *

— Да, Бекка пойдёт с вами.

Возможно, бабушка старалась говорить тихо, но Бекка всё равно услышала.

— Но, бабушка...

— И никаких глупостей, — приказала она.

Тишина. Бекка шумно потопталась на заднем крыльце, чтобы бабушка знала, что она здесь. Как неловко. Но почему Люси и Алисия не хотят брать её с собой? Если она не пойдёт с ними, то останется одна или снова застрянет со взрослыми.

— Я развесила купальники, — сообщила она.

— Не знала, что ты дотягиваешься до бельевой верёвки, — сказала Алисия.

Как такие простые слова могут прозвучать с такой злостью?

— Я встала на колоду.

— Ты готова идти? — спросила Люси.

Бекка знала: Люси надеется, что она откажется.

— Конечно, — ответила она. — Чего мы ждём?

* * *

— Ты не дойдёшь, если будешь всё время отставать, — строго бросила через плечо Алисия. Она зачем-то несла толстый моток верёвки, но тот ничуть не мешал ей идти.

— Она не вредничает, — объяснила Люси, поравнявшись с Беккой. — Просто мы хотим попасть в одно место, и если не поторопимся, то не успеем.

Запах срубленных и распиленных Маком деревьев висел в воздухе, но самого Мака не было. Бекка увидела деревянный каркас нового дома, выросшего среди деревьев, и красный отблеск на брюхе каяка. Она задумалась, рассказать ли Люси и Алисии, как они с бабушкой чуть не потопили «Зодиак».

— Скорее! — крикнула Люси, не оборачиваясь, и Бекка поняла, что им плевать на «Зодиак» и даже на то, что её поцеловал тюлень.

Алисия перепрыгнула через канаву и сквозь заросли папоротника направилась к опушке леса.

Значит, не в парк.

— Куда мы идём?

Люси пустилась бежать.

— Быстрей!

Люси подпрыгнула.

Бекка за ней.

Кедры и папоротник уступили место салалу, тсуге и дугласовой пихте. Бекка слышала, как Люси и Алисия шелестят в кустах впереди неё.

— Тут есть тропинка? — спросила Бекка.

Никто не ответил.

Перед ней раскинулись блестящие листья. Чуть выше на красных стеблях покачивались бледные соцветия салала, будто круглые маленькие призраки ягод, которыми они станут летом. Бекка продиралась сквозь кусты руками и грудью, жёсткие змеиные стебли цеплялись к её ногам. Листья царапали одежду, и уши заполнил звук собственного дыхания.

— Люси! Алисия!

Тихий шелест донёсся до неё, а затем Бекка услышала хруст.

— Что? Что тебе нужно? — строго спросила Алисия, внезапно оказавшись рядом с ней.

— Я не знала, где вас искать, — ответила Бекка.

— Не отставай, — сказала Алисия. — Так и знала, что не надо было брать тебя с собой. Если заблудишься, я тут ни при чём. Пошли.

Ветки хлестали Бекку по лицу. Она перелезала через упавшие деревья и, поднимая взгляд к небу, видела только листья и ветви. Пробираться сквозь салал и уклоняться от стеблей было легче. Она понятия не имела, куда идёт. Подошвы кроссовок и выцветшие шорты Люси были единственными ориентирами, но они всё время исчезали впереди в тёмных кустах.

— Ты уверена, что мы идём правильно? — донёсся до Бекки вопрос Люси.

Ответа она не услышала.

Чуть позже она едва не налетела на Алисию.

— Там! — торжествующе сказала Алисия. — То дерево вон там! Нам туда.

— Какое дерево? — Люси сердилась. — Здесь тысячи деревьев. Миллионы!

Бекка вообще не могла разглядеть деревья, она видела только нижнюю сторону листьев салала. Но Алисия и Люси уже двинулись в путь, и ей пришлось изо всех сил стараться не потерять их спины из виду.

В следующий раз, когда она догнала их, они сидели на упавшем бревне, по-прежнему окружённые морем салала и дугласовой пихты.

— Ты всегда заводишь нас не туда, — ругалась Люси. — Может, я наконец пойду первой?

— Мы не заблудились, — настаивала Алисия. — Мы просто в лесу.

— Ага, но где именно в лесу?

Отдыхать в лесной глуши под салалом было зелено и прохладно. Бекка прикрыла глаза, слушая спор кузин.

Она подняла веки, когда что-то мокрое и холодное коснулось её лица.

Нос Фрэнка.

— Фрэнк! — прошептала она. — Что ты здесь делаешь?

Его белые лапы проворно замелькали, а чёрный хвост ходил из стороны в сторону, и Бекка поползла за ним сквозь кусты.

— Я ушла, — сказала она громко. — Можете пойти со мной, если хотите.

Но она так шумела в зарослях салала, что нельзя было сказать, следуют за ней кузины или нет.

— Ты ищешь мышей? — спросила она Фрэнка.

Но Фрэнк невозмутимо пробирался через кусты.

— Салал уже не такой частый, — заметила она. — Становится светлее.

Теперь Бекка услышала позади себя Люси и Алисию, которые изо всех сил старались не отставать.

— Она знает, куда идёт? — донёсся до неё вопрос Алисии.

— Без понятия, но нет ничего хуже, чем всюду бегать за тобой, — резко ответила Люси.

Бекка улыбнулась. Через мгновение её голова высунулась из салала.

Она была на краю серебряного леса.

— Фрэнк? — позвала она.

Фрэнк исчез, но перед ней возвышались дубы, похожие на тонкие колонны с трясущимися пучками листьев на концах высоких узловатых ветвей. Листья походили на множество рук, махавших миру. Солнце освещало грубую кору деревьев, и она отсвечивала серебристо-серым цветом. Повсюду витал сладкий мшистый запах, и поляна была усыпана полевыми цветами — синими, жёлтыми и белыми.

Бекка никогда не видела ничего подобного.

— Волшебное место, — сказала она вслух.

Деревья перешёптывались, шелестя листьями.

— Я загадаю желание, — сказала Бекка, обняла один из дубов и тихо заговорила в его грубую тёплую кору.

— Что ты делаешь? — требовательно спросила Алисия.

Они с Люси стояли на краю зарослей салала, с любопытством наблюдая за Беккой.

— Что хочу, — сказала Бекка, по-прежнему обнимая дерево.

— Где мы? — начала Люси, но, оглядевшись, тоже поддалась чарам серебристых старых деревьев. Она шла мимо них и касалась стволов, как прежде Бекка.

— Я хотела не сюда, — сказала Алисия.

Бекка её почти не слышала. «Если бы у меня была подруга, — подумала она, — я бы пришла сюда с ней. Люси и Алисия никогда бы не узнали об этом месте. Фрэнк мог бы привести нас сюда, или я бы сама нашла путь».

— А куда вы хотели? — спросила она.

— В магазин! — ответила Алисия. — Но как нам выбраться отсюда?

— Это же была твоя гениальная идея, — сказала Люси. — Ты и должна знать дорогу.

Бекка взглянула на море. Это был мыс Сэнди. Она узнала его по форме возвышения, мимо которого проплывала в день селёдки. А дальше были заснеженные вершины острова Ванкувер.

Что ж. Теперь она знала, где они. Пойдут по берегу в одну сторону — вернутся к бабушке. Отправятся в другую — попадут в магазин. Наконец-то.

— Я знаю, это возможно, — сказала Алисия. — Если посмотришь на карту, то увидишь...

— У нас получится, — согласилась Бекка. — Просто...

— Так чего же мы ждём? — спросила Алисия. — Вперёд!

* * *

— Идти далеко, — добавила позже Бекка.

Кусочки коры запутались в её волосах, а ноги в обуви вспотели. Она не могла думать ни о чём другом, кроме как о приятной прохладе морской воды, успокаивающей разгорячённую кожу.

— Всё не так уж плохо, — презрительно сказала Алисия. Она снова стала грубой, когда решила, что знает дорогу. И ноги у неё были длиннее.

— Когда придём, купишь себе мороженое, — пообещала Люси.

— Я не взяла с собой деньги, — сказала Бекка.

— Я куплю тебе, — предложила Люси. — В конце концов, если бы не ты, мы бы, наверное, до сих пор блуждали. Как думаешь, сколько дней? — спросила она Алисию.

— Смотрите! Его видно отсюда, — воскликнула Алисия. — Мы можем спуститься здесь и пройти по пляжу.

«Сомневаюсь», — подумала Бекка, заглядывая через край обрыва.

— Всего-то небольшой утёс, — сказала Алисия. — Для этого я и захватила верёвку.

— Да уж, крошечный, — отозвалась Люси.

— Не будь трусихой, — огрызнулась Алисия. — Он не такой уж высокий. Не выше бабушкиного чердака.

— Из которого ты выпала в прошлом году и сломала руку, — напомнила Люси. — И вообще он выше. Намного.

— Люси права, — быстро добавила Бекка, глядя сквозь деревья туда, где земля обрывалась над пляжем.

— Ерунда, — усмехнулась Алисия. — Вон сколько выступов для опоры.

— О, конечно, — ответила Люси.

Бекка стояла на склоне, держась за ветку, чтобы не соскользнуть вниз. Что бы с ней было, если бы она не удержалась? Порезы и ссадины, как написано на упаковке пластыря. Возможно, ушибы и кровотечение. Несколько сломанных костей. И того хуже.

— Как мы спустимся? — спросила она.

— Верёвка! — откликнулась Алисия. — Я научилась завязывать крутые узлы. Они как раз подходят для таких вещей. Булинь! Баранья нога! Стремя! Мы обвяжем тебя и спустим вниз, потому что ты самая маленькая, а потом слезем с Люси по верёвке.

Бекка посмотрела на Люси.

— Даже не знаю, — прошептала она. — Лучше съешь всё, что лежит в карманах. Это может быть твой последний приём пищи.

* * *

Бекку обвязали булинем, но легче ей от этого не стало. Она стояла на вершине и смотрела на камни внизу. Некоторые были покрыты ракушками, другие — водорослями.

— Уверена, что это хорошая идея? — спросила она. Почему она вообще хотела пойти с ними? Не могла вспомнить.

— Давай, Бекка, — торопила Алисия. — Уже поздно, и магазин может закрыться.

— В магазине нет ничего такого, за что я хочу умереть, — сказала Бекка, глядя вниз.

Алисия проигнорировала её слова.

— Я угощу тебя, и Люси тоже. Двойная порция вредной еды. Вот, я плотно обовью верёвку вокруг дерева и буду медленно тебя спускать. Используй ноги и руки. Как будто ты лезешь, только вниз, а не вверх, и со страховкой. Безопасно.

Безопасно? Уместно ли это слово?

Бекка надеялась на это. Она глубоко вздохнула и повернулась так, что её стопы свисали. Она уже чувствовала, как верёвка Алисии скользит по рёбрам.

— А вдруг я выпаду из неё?

— Не выпадешь, — весело сказала Алисия. — Давай! Прижмись к земле. Я буду медленно тебя опускать.

Перед Беккой открывался отличный вид на содранные колени и поцарапанные голени Алисии. «Потрясающе», — подумала она. У Алисии родинка на левой ноге, а грязно-серые носки усыпаны колючками.

А потом песчаник начал царапать живот Бекки, и часть её футболки решила остаться где-то на вершине.

— Ай! — вскрикнула Бекка, когда верёвка больно врезалась в подмышки.

— Держись за страховку, тупица! — рявкнула Алисия. — Думай о мороженом! Лакричном мармеладе!

— Я ненавижу лакрицу! — отозвалась Бекка. — И не оскорбляй меня!

Живот, наверное, весь в крови. Футболка задралась до самых плеч. Ногами она чувствовала выступы и выемки в скале, но не видела их. Колени всё время ударялись о камни. Скоро они будут выглядеть хуже, чем у Алисии, и болеть будут гораздо сильнее.

— Кстати, сколько ты весишь? — спросила Алисия, запыхавшись.

— Не отпускай! — крикнула Бекка.

Она развернулась на верёвке, взглянув на камни внизу.

— Можешь найти хорошие точки опоры? — продолжила Алисия. — Карамель. Мармеладки. Чипсы.

Бекка была на полпути.

— Что ты делаешь? — строго спросила Алисия.

— Можно мне хоть секунду отдохнуть? — буркнула Бекка.

Внезапный дождь из земли и сухих листьев пролился ей на голову. Она услышала, как взвизгнула Люси.

— В чём дело? — крикнула Бекка.

— Верёвка выскальзывает, — спокойно ответила Алисия. — А ещё Люси чуть не упала с обрыва. Поторопись.

Бекка царапнула нос о камень. Она могла разглядеть каждую крупицу песчаника, каждый скол и трещину. Она никогда раньше не замечала, сколько оттенков коричневого, розового, жёлтого и оранжевого может быть в одном куске камня.

Бум! В метре от земли верёвка порвалась, и Бекка упала вниз, её нога застряла между двумя камнями, а исцарапанная ракушками икра закровоточила. Ничего серьёзного, теперь она могла с предвкушением ждать еду. Внезапно она услышала, как сильно урчит живот.

Только вот Люси и Алисия спускались очень долго. Это было совсем не так просто, как говорила Алисия, — она надолго застряла, пытаясь преодолеть выступ. Поскольку верёвка оборвалась, им с Люси пришлось перепрыгнуть с обрыва на большие неровные камни — идеальное место, чтобы получить перелом.

Когда Алисия наконец добралась до земли, ей нужно было какое-то время посидеть неподвижно.

— Уже поздно, — заметила Люси, когда они шли через Адмиральскую бухту. — Надеюсь, магазин ещё открыт. Я умираю от голода!

*   *   *

— Мясной пирог и молоко, — сказала Люси, когда они толкнули дверь магазина, который ещё работал, хотя время близилось к закрытию. — Что ты будешь, Бекка?

Мясной пирог! А потом банан. Бутылку имбирного лимонада, который любила только она, а значит, не придётся делиться. Пачку печенья и пакет чипсов. Настоящий пир, почти полночный. Ну, это, может, и неправда, но ей казалось именно так.

— Эти трубы нужны мне к среде, — обращался мужчина к миссис Баркер, кассирше. — В бухте Боцман появилось новое местечко, я буду там прокладывать водопровод.

— Не волнуйся, Мерлин. Ребята, поставляющие строительные материалы, говорят, что их привезут вовремя, — ответила миссис Баркер, и сантехник сгрёб в охапку свои покупки и направился к выходу. — Следующий!

Алисия вывалила стопку продуктов на прилавок.

— С вас двадцать два доллара сорок семь центов, — сказала миссис Баркер.

Люси и Алисия полезли в карманы. Бекка знала, что у каждой из них по пятнадцать долларов, но тут заметила, как на их лицах одновременно промелькнул ужас.

— Я переодела шорты, — сказали они.

— Что?

— Деньги в других шортах, — ответили они безупречным унисоном.

Бекка никогда не видела их настолько подавленными, и не помогло даже то, что её живот начал урчать с такой яростью, что даже миссис Баркер взглянула на неё.

Но в этот самый момент Бекка услышала знакомый голос.

— Мак! — воскликнула она.

— Бекка! Не знал, что ты приехала на каникулы.

— Это не совсем каникулы, мы помогаем бабушке с садом, — ответила она. — Ты занимаешься домом?

— Я только приехал, завтра как раз возьмусь за работу, — сказал Мак. — Как твоя бабушка? Были кораблекрушения в последнее время? Не затонула ли лодка? Что насчёт твоей особой тяги к местной морской фауне?

— Нет. Мы просто копали и копали! Но не мог бы ты подвезти меня и моих кузин домой?

Алисия уставилась на неё, отчасти с восхищением, но было кое-что ещё. Она хотела, чтобы Бекка заняла деньги. Бекка притворилась, что не замечает её взгляд, хоть и сама умирала от голода.

— Кузины! — воскликнул Мак. — Так вот кто это. Конечно, я подброшу вас. Вот, позвони бабушке с моего мобильного, я буду готов через секунду.

Вот так Мак и спас их — в некотором смысле, и хотя они оказались дома гораздо раньше, чем если бы возвращались пешком, время ужина давно прошло.

Дома, умирая от жгучего и грызущего живот голода, с гудящими от усталости ногами, они столкнулись с папой и бабушкой. Слова «сумасбродные», «слабоумные» и «опасность» шипели в воздухе вместе с «наказаны и будете сидеть дома» и «что бы я сказал твоей маме, если бы ты упала со скалы?». После этого даже Алисия не жаловалась на поистине ужасный ужин, состоявший из яичницы-болтуньи и остывших жареных листьев мари — сорняков, которые бабушка собрала на пляже.

— Твоим идеям, кажется, конца и края нет, — услышала Бекка, как Люси обратилась к Алисии, когда они наконец забрались в спальные мешки. — А в результате мы остаёмся без нормальной еды и попадаем в неприятности!

Бекка взглянула на царапины на животе и на те места, где верёвка натёрла кожу. Они были свидетельством пережитых приключений, даже если и не совсем удачных.

И она подумала о другом. Люси и Алисия, конечно, злюки, но они воплощали идеи в жизнь.

И если у них получалось, то и она сможет.

4. Ежевика

~~~~~~~~~~~~~~~~~~~~~~~~~~~~~~~~~~~~~~~

Бекка то и дело думала о приключениях, пока заканчивался учебный год, пока она участвовала в Дне спорта и наблюдала, как её мама становится всё больше. Настолько, что, когда в августе, как обычно, пришло время отправиться к бабушке, мама и папа не осмелились поехать.

— Срок уже близко, — сказала мама. — Но ты можешь ехать. Хорошо проведёшь время, и бабушка будет рада.

— Бабушка не будет рада, — ответила Бекка. — Она будет спорить о «Скрабле», заставит меня делать много работы по дому и запретит спускать воду в туалете, чтобы не тратить её впустую.

Спустя два дня она уехала с тётей Фифи, которая действительно неплохо воплощала идеи в жизнь.

— Смотрите, сколько медуз, — сказала она, когда они перегнулись через перила парома. — Обычно это означает, что вода холодная.

Тётя Фифи любила холодную воду. Она любила её даже больше, чем бабушка.

— Сначала купание, потом ежевика, — сказала она Бекке. — Я хочу приготовить джем.

У тёти Фифи всегда были какие-нибудь проекты. Бекка подставила лицо ветру и наблюдала за тем, как паром приближался к острову.

* * *

— Ежевика поспела? — спросила тётя Фифи, сбежав по трапу парома и обняв бабушку.

— Поспела, налилась соком и падает с кустов, — ответила бабушка. — Если ты готова рискнуть жизнью ради неё. Бекка, хватит лазать по перилам.

— Рискнуть жизнью? — переспросила Бекка. — Всё в порядке, я держусь крепко.

Неужели бабушка снова будет командовать?

— Девочка в красной куртке, немедленно слезьте с ограждения, — прогремел паромный громкоговоритель. — Забираться на него запрещено правилами перевозки.

Бекка спрыгнула вниз, чувствуя себя такой же красной, как куртка.

— Привет! Могла бы и предупредить, — обратилась она к бабушке.

— Я имею в виду, что кусты ежевики похожи на изгородь Спящей красавицы, — ответила бабушка. — Я говорила тебе слезть с перил. А теперь дай мне взглянуть на тебя... Чуть выше, чуть больше веснушек, мне нравится. Как твоя мама?

— Она огромная, — сказала Бекка, вспомнив о животе, который скоро станет сестрой или братом.

— Это ненадолго, — отозвалась бабушка.

* * *

На ужин им досталось по миске отвратительного бабушкиного супа, который они ели, сидя на пляже. Фрэнк присел у ног Бекки и с надеждой посмотрел на неё.

— Можно угостить его? — спросила Бекка. Того, кто сказал бабушке, что из морской спаржи получается вкусный суп, стоило... На самом деле Бекка не знала, какое наказание могло быть подходящим, кроме того, что этому человеку следовало есть этот суп каждый день целый год. И никакой зубной нити.

— Ни в коем случае, — сказала бабушка. — Сядь, Фиона. Ты проливаешь суп на всё вокруг.

Но тётя Фифи ела стоя, чтобы глядеть на море и расхаживать по песчанику, попутно выковыривая морскую спаржу из зубов. Судя по виду, пролитый суп для неё не большая трагедия.

— Я сбегаю проверю ежевику, — внезапно заявила она. — Если ты права, пойдём завтра. Сразу после завтрака.

— О, ради всего святого, Фиона, — взмолилась бабушка. — Я же сказала, что ягоды поспели. Нельзя хоть минуту посидеть спокойно?

— Ни в коем случае, — ответила тётя Фифи. — Бекка, хочешь пойти поплавать, когда я вернусь?

* * *

Утром бабушка отказалась идти с ними.

— Я жду звонка от водопроводчика, — сказала она. — Сама понимаешь, если я пропущу звонок, то ещё неделю не смогу с ним поговорить.

У бабушки была сложная система баков для дождевой воды, которые подводились к водопроводу в доме, так что ей часто приходилось консультироваться с целой командой специалистов по трубам и насосам.

— У моей матери интересные отношения с водопроводчиком, — обратилась к Бекке тётя Фифи.

— У него большие ноги и дырявые джинсы, — сказала Бекка. Это всё, что ей удалось разглядеть в нём.

— Вполне возможно, — отозвалась тётя Фифи. — Мне известно лишь то, что его мнение об английской литературе совершенно абсурдное.

Прошлым летом Бекка слышала, как у тёти Фифи и водопроводчика случился страшный спор на тему одного из сонетов Шекспира. Мужчина тогда с головой залез под дом, но Бекка видела, как яростно дёргаются его ноги, как будто они спорят сами по себе. Бабушка расстроилась, потому что он ушёл, не закончив работу. Он вернулся в другой день, когда тёти Фифи не было дома.

— Возьмём с собой стремянку? — спросила Бекка, меняя тему.

— Да, — сказала тётя Фифи. — И тебе стоит переодеться. Шорты и футболка не годятся для ежевики. Резиновые сапоги, длинные рукава и джинсы — вот подходящий наряд.

«Подходящий наряд», — повторила про себя Бекка. Порой казалось, будто тётя Фифи читала лекции даже вне стен университета.

— Очень жарко, — сказала Бекка. — Я не буду надевать джинсы.

— Обязательно переоденься! — настаивала тётя Фифи. — Посмотри на меня! И если бы не было так сложно собирать ягоды в перчатках, я бы и их надела. Я в этом профи! Тебе стоит прислушаться к моему совету.

«Раскомандоваться» — так Бекка называла это. Но она понимала, что ей придётся в чём-то уступить.

— Ладно, — ответила она в конце концов. — Я надену резиновые сапоги, но никаких джинсов и длинных рукавов.

— Потом пожалеешь об этом! — предсказала тётя Фифи.

* * *

Бекка и тётя Фифи гремели. Ручка ведра впилась Бекке в руку, край лестницы врезался в пальцы. Тётя Фифи грохотала вёдрами и пластиковыми контейнерами, подвешенными на то, что она называла своей специальной палкой для сбора ежевики.

— Тебе тоже понадобится палка, — сказала она. — Чтобы дотянуться до высоких веток.

— Сколько надо собрать? — спросила Бекка.

— Очень много! Океан ежевики. Я хочу, чтобы джема хватило на несколько лет.

— Далеко идти? — продолжила Бекка.

— Не очень, — ответила тётя Фифи. — Ты даже мозоли не успеешь натереть.

Идти по дороге было не так уж плохо, а вот протиснуться через забор на заброшенную ферму оказалось трудно.

— Здесь растут лучшие ягоды, — объяснила тётя Фифи и потянула за колючую проволоку, пока та не скрипнула. — Самые крупные — вдоль забора на другом конце участка, — сказала она, осматривая дыру на своей рубашке, оставшуюся от колючей проволоки.

— Тебе не жарко? — спросила Бекка. Она уже была не прочь поплавать, а они ещё даже не начали собирать. Заросшее уже высохшей травой поле казалось огромным. В сапоги попадали семена луговых трав, и от них чесались лодыжки.

— Немного, — отозвалась тётя Фифи, — зато меня не расцарапает в кровь, как некоторых.

Ежевика свисала большими гроздьями, сочными и обильными, как и говорила бабушка. Бекка стояла в тени кустов и позволяла ягодам упасть ей в руку, а затем в контейнер.

— Люблю собирать ежевику, — сказала тётя Фифи, стоя на стремянке. — Это так успокаивает.

«Ещё как успокаивает, — подумала Бекка. — Даже скучно». *Плюх, плюх, плюх.* Ягоды мягко падали в ведро. Кроме их стука слышалось лишь жужжание пчёл и тихий шум спокойного моря.

— О чём вы спорили с водопроводчиком? — спросила Бекка.

— Хочешь испортить настроение? — остро отреагировала тётя Фифи. — Ой. Я поцарапалась.

— Мне просто интересно. — Нужно было о чём-то поговорить. Скучно собирать в тишине.

— Если тебе интересно, мы спорили насчёт строки «На хорах голых смолкли птиц хоры»*, — ответила тётя Фифи. — Это Шекспир, сонет о старости.

— И из-за этого он так дёргал ногами?

Тётя Фифи на мгновение замолчала, и Бекка слышала лишь тихий звук падающих ягод.

— Ой. Я не могу освободить рукав, — пожаловалась тётя Фифи. Раздался долгий звук рвущейся ткани. — Не волнуйся, это были шипы. Водопроводчик думает, что сонет — об утрате волос и зубов. Что «листвы закончились пиры, остатки коей треплет непогода» относится к волосам или, возможно, к старым, пожелтевшим или выпавшим зубам.

— Вы поссорились из-за гнилых зубов?

— Не гнилых, а пожелтевших. Это важно, — возразила тётя Фифи. — Всё, здесь я закончила. Переставлю лестницу дальше.

Ветви ежевики шумно хрустели и ломались, когда тётя Фифи убирала лестницу и переставляла её в другое место.

Бекка полезла поглубже в куст, и ей в руки упали ягоды. Сапогами она приминала стебли, угрожающие исцарапать её голые ноги. Она сделала проход и забралась в самую середину. Там было прохладно и зелено. Среди сухих прошлогодних

---

* Из Сонета 73 У. Шекспира. Перевод С. Степанова.

веток висели зрелые ягоды, и когда она потянулась к ним, в руки впились колючки.

— Ай, больно! — воскликнула она. — И в меня ещё упирается старый забор из колючей проволоки.

— Я же говорила, что это болезненное дело, — весело сказала тётя Фифи. — Поэтому я всегда собираю при полном параде. Ой, глядите-ка! Здесь тысячи ягод, как раз там, где на них лучше всего светит солнце!

Бекка услышала, как тётя с трудом передвинула лестницу и прислонила её к кустам.

— Невероятно, — выпалила тётя Фифи. — Похоже, её здесь годами никто не собирал.

Лестница скрипела с каждым шагом, кусты ежевики шумно шелестели, словно беседовали друг с другом.

Ведро тёти Фифи лязгнуло.

— Упс! — воскликнула она. — Последняя ступенька. Вау, они такие огромные, будто...

Лестница скрипнула.

Тётя Фифи как-то странно, по-поросячьи хрюкнула, и Бекка услышала долгий, медленный треск. Всё началось с шелеста, затем донёсся звук ломающихся ветвей, а потом, когда все шелесты, шорохи и хрусты слились воедино, раздался громкий царапающий и рвущий звук, словно от миллиона шипов.

Тётя Фифи вскрикнула, и повисла тишина.

* * *

Бекка выбралась из куста.

— Тётя Фифи? Ты в порядке?

— О боже.

Голос тёти Фифи доносился из самых зарослей ежевики, и как только она заговорила, снова раздались шорох, треск и звуки рвущих ткань колючек.

— Я не могу пошевелиться, — сообщила она, когда потрескивание утихло.

— Где ты?

Бекка пробиралась к ежевичным кустам сквозь высокую сухую траву.

— Я здесь, — тётя Фифи говорила непривычно тихо. — Иди на голос. Ой.

Казалось, даже от разговора ежевика колется и трещит.

Если бы не шляпа тёти Фифи, которая осталась на вершине зарослей, в то время как сама тётя провалилась вниз, Бекка, возможно, вообще не нашла бы её.

— Я вижу что-то синее, — крикнула Бекка. — Твоя рубашка?

— Наверное, — голос тёти Фифи звучал еле слышно.

— Ты сможешь выползти? — спросила Бекка.

— Нет, — сказала тётя Фифи. — Мне не пошевелиться. И похоже, придётся выбираться тем же путём, которым я здесь очутилась, а не то из-за шипов я превращусь в кровавое месиво. Я тут капитально застряла. — Она была так неподвижна, как будто говорила сама ежевика. — Не волнуйся, это не бранные слова, — внезапно добавила тётя.

— Я вижу лестницу, — сказала Бекка. Та стояла на земле, накренившись в ту сторону, куда её утянула за собой упавшая тётя Фифи.

Бекка начала карабкаться по ней медленно и осторожно, останавливаясь на каждом шагу, дожидаясь, пока под ней осядут кусты.

Она разглядела клетчатую рубашку тёти Фифи, её джинсы и, наконец, лицо и глаза, пристально смотревшие на Бекку из зарослей ежевики.

— Я вижу тебя, — сообщила Бекка.

— Я не долетела до земли, — ответила тётя Фифи. — А застряла в старых ветвях.

— Я могу достать бревно, — предложила Бекка. — Прикачу его с пляжа и...

Но она понимала, что это невозможно.

— «Чья некогда живительная пища теперь ложится саваном над ней»*, — изрекла тётя Фифи.

— Что? — Бекка решила, что тётя Фифи начала бредить. Она слышала о том, что иногда, когда

_____
* Из сонета 73 У. Шекспира. Перевод С. Степанова.

с людьми случается нечто ужасное, они вдруг начинают странно себя вести и говорить непонятные вещи.

— Это строчка из стихотворения, из-за которого мы спорили с водопроводчиком, — спокойно сказала тётя Фифи. — И вот я застряла в тех самых кустах с ягодами, из которых прошлым летом приготовила отличный пирог. А им, между прочим, я собиралась угостить водопроводчика, если бы он не оказался таким болваном.

Бекка подумала, что в сложившейся ситуации тётя Фифи ведёт себя глупо.

— Хорошо, что ты надела на себя столько одежды, — она пыталась подбодрить тётю Фифи. — Только представь, как сильно ты поцарапалась бы, если бы была одета типа меня!

— Одета, как я, — поправила тётя Фифи.

— Ну да, ладно, здесь есть тонкое дерево, я могу держаться за него и помочь тебе выбраться. А ещё есть пень, на который я могу встать, чтобы вытащить тебя. Тогда ты заберёшься на лестницу и вылезешь по ней, если она больше не будет падать.

— Если. Возможно, — у тёти Фифи, похоже, было философское настроение. — Вся моя жизнь мелькает перед глазами. Но я попробую. Чувствую, это будет мучительно. Знаешь, я упала не просто в кусты ежевики. А в самую середину старого забора из колючей проволоки. И всё же я не могу оставаться здесь до конца своей жизни, можем попробовать.

Но когда тётя Фифи попыталась сесть, весь куст ежевики содрогнулся и затрещал.

— Я не могу перенести вес, — сказала она Бекке. — Иначе провалюсь ещё глубже.

Бекка медленно спустилась с лестницы на пень. Хотя он зарос ежевикой, всё ещё был твёрдым и устойчивым. Из него выросло молодое деревце — недостаточно толстое, чтобы человек мог подняться, но достаточно прочное, чтобы Бекка могла держаться за него, помогая тёте Фифи выбраться.

— Можешь дотянуться до меня? — спросила Бекка. Обняв одной рукой тонкий ствол, она вытянула другую и нащупала пальцами руку.

— Получилось! — воскликнула тётя Фифи. — Теперь попытаюсь встать. Ты готова?

Бекка подумала, что готова настолько, насколько возможно. Либо тётя Фифи затащит её в заросли ежевики, либо Бекка вытащит тётю Фифи. Всё просто — как с пня упасть.

— Готова.

Бекка начала тянуть. Шипы царапались. Стебли гнулись и трещали.

— Ой! Ай! — воскликнула тётя Фифи. Она медленно выпрямилась, хотя по-прежнему оставалась в кустах.

— Что ж, уже лучше, — сказала она. — Только ноги застряли. Они застряли...

Бекка посмотрела вниз.

— Они застряли в колючей проволоке, — закончила за неё Бекка.

— Колючками я проткнута насквозь, — сообщила тётя Фифи. — Все джинсы в шипах, и даже не наклониться, чтобы вытащить их.

Она попыталась поднять сначала одну ногу, затем другую.

— Бесполезно, — сказала она. — Они застряли ещё и в ежевике. Всюду шипы.

Бекке казалось, что вся их экспедиция — сплошной пот и неудобство, а они не набрали даже ведра ягод. Они едва начали!

— Что ж, если не получается вытащить ноги в джинсах, вытащи их из джинсов. И больше никакого Шекспира, — заявила она.

— Вытащить ноги из джинсов? — воскликнула тётя Фифи. — А как же мои сапоги? И у Шекспира нет ни слова о джинсах, зато он прекрасно написал: «Глухие небеса своей мольбою тревожу я и жребий свой кляну...»*

— Мы заберём их, как только вытащим тебя, — прервала её Бекка. — Подцепим палкой для сбора ежевики.

---

* Из Сонета 29 У. Шекспира. Перевод С. Степанова.

— Поверить не могу, что делаю это, — сказала тётя Фифи.

Она расстегнула молнию на джинсах, осторожно приподняла одну ногу и протянула руку Бекке. Когда Бекка тащила тётю Фифи вверх, ей казалось, что рука сейчас оторвётся от тела. А потом наступила ужасная пауза: тётя Фифи висела на Бекке, стряхивая оставшийся сапог и подтягивая другую ногу.

— Не отпускай меня! — вскрикнула тётя Фифи.

Бекке не хватало воздуха, даже чтобы охнуть.

Тётя Фифи молча сидела на пне среди зарослей, пока Бекка ловила её сапоги крючком на палке для сбора ежевики, и затем так же молча тётя сунула в них ноги.

— Ты выглядишь забавно в рубашке, трусах и сапогах, — сказала Бекка, прежде чем выудить джинсы тёти Фифи.

— А чувствую я себя ещё забавнее, поверь. А у меня впереди подъём из куста по лестнице и спуск на землю. И мы так и не собрали ягоды.

— Теперь-то мы можем пойти домой?

— Конечно нет, — ответила тётя Фифи. — Нужно гораздо больше ягод. Их должно хватить и для джема, и для пирога. Вдруг я всё-таки смягчусь и угощу того водопроводчика.

*   *   *

Собирали ещё час, с голыми ногами и всё такое.
Тётя Фифи решила, что выковыривать шипы из
джинсов долго, так что она займётся этим позже.

— Я не пойму, где кровь, а где ежевичный сок, —
сказала Бекка, когда они шли домой с лестницей
и полными вёдрами.

— Узнаешь, как войдёшь в море, — мрачно
предсказала тётя Фифи. — Царапины будут гореть
адски. Надеюсь, этот водопроводчик уже пришёл
и ушёл вместе со своими щёлкающими зубами.

— Щёлкающими зубами?

— Он носит устаревшие зубные протезы, которые ему не подходят, — ворчливо сказала тётя
Фифи. — Неудивительно, что у него такие странные представления о Шекспире.

Связано это как-то между собой или нет, Бекка не знала. Она подумала, что жизнь станет более спокойной и менее болезненной, когда тётя
Фифи уедет обратно в город со своим ежевичным
джемом.

С другой стороны, ей так хотелось поужинать
с водопроводчиком.

5. Джем

~~~~~~~~~~~~~~~~~~~~~~~~~~~~~~~~~~

— Водопроводчик ушёл? — строго спросила тётя Фифи, когда они медленно шли по тропинке к домику бабушки, страдая от царапин и тяжести ягод.

— А что? Готовишься к очередной битве? — поинтересовалась бабушка.

— Он щёлкал зубами? — перебила Бекка.

— Щёлкал зубами?! — переспросила бабушка.

— Тётя Фифи говорит, что у него вставные зубы. Говорит, они щёлкают.

Бекка огляделась. Было бы даже интересно, если бы водопроводчик всё ещё был здесь. Наверняка он никогда прежде не видел тётю Фифи такой исцарапанной и без штанов.

— У него совершенно нормальные зубы, — ответила бабушка Бекке, но Бекка заметила её косой взгляд на тётю Фифи. — Фиона, зачем рассказывать ребёнку такие вещи?

— Я собиралась пригласить его на обед, — отозвалась тётя Фифи, вытаскивая шипы из одежды.

— Я бы хотела остаться с водопроводчиком в хороших отношениях, — сказала бабушка.

— У меня неожиданно изменилось мнение насчёт него, — объяснила тётя Фифи. — Опыт пребывания среди ежевики и колючей проволоки подтолкнул меня стать добрее. Но его зубы действительно щёлкают.

— Нет, не щёлкают. Давай, пригласи его. А я, может, позову Мака, раз уж он здесь на выходных. Кстати, почему ты без штанов?

* * *

— О-о-о! Ай! — кричала Бекка на следующее утро, когда они выходили из моря.

Её ноги и руки были покрыты царапинами, нывшими от воды.

— Последствия активной жизни, — сказала бабушка. — Жду не дождусь твоего пирога, Фифи. Но вижу, вы обе заплатили за него кровью.

— Сначала приготовим джем, — ответила тётя Фифи. — Бекка поможет.

— Я? — Бекка планировала тихий отдых на пляже, чтобы дать царапинам привыкнуть к солёной воде. Она думала, что на это уйдёт весь день и вся её энергия.

— Да, — ответила тётя Фифи. — Вчера вечером я вскипятила ягоды и положила их в мешочек, теперь будет много чудесного сока!

*   *   *

— Кажется, я знаю этот мешочек для джема, — сказала Бекка после завтрака.

— На самом деле это одна из наволочек твоей бабушки, — объяснила тётя Фифи. Она сжала лоснящийся набухший мешок и провела по нему руками так, что сок винного цвета брызгал на её кожу и стекал в миску.

— Похоже на кровь, — добавила Бекка. — Если пролить, люди подумают, что ты убила здесь кого-то.

— Не буду проливать, — отозвалась тётя Фифи. — Хотя однажды бабушка расплескала. Незабываемый случай. По никому не понятной причине в тот год она решила подвесить мешочек с джемом в своём фургоне.

— Фифи! Это хорошая наволочка! — крикнула бабушка, стоя у входа в сарай. — Я же сказала использовать старую.

— Я взяла то, что было под рукой, — ответила тётя Фифи. — Пропусти меня.

— Я ни за что не позволю тебе пройти! — воскликнула бабушка. — Запру тебя здесь до конца дня. Как можно так поступать с хорошим постельным бельём!

На мгновение Бекка решила, что у неё всё же получится провести день на пляже, но бабушка отступила, а тётя Фифи прошла мимо.

— Посмотрим, что ты скажешь, когда попробуешь джем, — спокойно сказала она.

— Я пришла спросить, не хочешь ли ты пойти в пункт вторсырья, Бекка, — предложила бабушка.

— Я бы с радостью...

— Она не может, — вмешалась тётя Фифи. — Она помогает мне.

Бекка посмотрела на бабушку. Бабушка знала, что ей нравится бесплатный магазин при пункте.

— Ничего страшного, — прошептала бабушка. — Она здесь только на несколько дней.

* * *

Тётя Фифи поставила миску на стол. В ней был совершенно непримечательный ежевичный сок, но когда Бекка ударилась о стол, он задрожал и качнулся. Он был похож на что-то полуживое, что могло выползти из чашки, соскользнуть на пол и годами жить под бабушкиными шкафами.

— Выглядит как-то не очень, — сказала Бекка.

— Довольно уродливо, — согласилась тётя Фифи. — И его у нас много.

Она казалась довольной.

— Сначала помоем банки для джема, — обратилась она к Бекке. — Отличная работа для тебя.

Бекка не могла поверить, что тётя Фифи заставит её потратить утро на мытьё посуды. Она могла быть в пункте вторсырья, искала бы расшитые блёстками туфли, подходящие к боа, которое нашла в прошлый раз. Она могла быть на пляже, считать свои царапины или копаться в поисках гуидаков. Она могла бы поплавать, или навестить соседку Кей, у которой всегда была домашняя выпечка, или посмотреть, как продвигается стройка нового дома Мака. Или поискать детей на пляже, которые не были бы ни младенцами, ни подростками.

Вместо этого она была по локоть в мыльной воде.

— Это мама имеет в виду, когда жалуется, что никогда не хотела быть домохозяйкой? — спросила Бекка у тёти Фифи.

— Даже не знаю, — сказала тётя Фифи, гремя бабушкиными кастрюлями. — Неужели у твоей бабушки нет кастрюли побольше? Всё, что у неё есть, — ветхая электроплитка на случай, если ей не хочется разжигать дровяную печь!

У бабушки было странное приспособление в виде четырёх электрических конфорок, врезанных прямо в столешницу, как плита. Под ней вместо духовки был шкаф для кастрюль и сковородок, форм для кексов, мисок для смешивания и кухонных приспособлений из прошлого века — например, пресс-пюре и мясорубки.

— Придётся сделать шесть подходов, чтобы сварить джем в этой крохотной кастрюльке из всего сока, — продолжила тётя Фифи. — Она готова отречься от домоводства, но мне так неудобно.

— Что такое «отречься»? — спросила Бекка.

— Отказаться, — ответила тётя Фифи. — «Но ныне собираюсь я отречься от этой разрушительной науки»*. Шекспир.

Бекка вздохнула в мыльную пену.

* * *

— Что теперь? — спросила она, когда последняя банка для джема отправилась кипятиться.

— Крышки тоже положи, — сказала тётя Фифи, отмеряя сахар. — Раз, два, три — невероятно, сколько сахара нужно для джема. Четыре, пять, шесть. Ты положила крышки?

На одной конфорке звенели баночки и плевались кипятком. На другой всплывали и стучали крышки. На передней конфорке над соком ежевики поднимался сладкий пар, наполняя воздух головокружительным ароматом.

---

* Из пьесы У. Шекспира «Буря». Перевод М. Донского.

— Всё не так плохо, — весело заметила тётя Фифи, добавляя в сок огромное количество сахара. — Вот. Теперь перемешивай. И ещё, и ещё. Дай мне знать, как закипит.

Бекка склонила голову над кастрюлей и помешивала, наблюдая за тем, как тёмный сок впитывается в белый сахар. Тётя Фифи возилась с газетами, чистыми тряпками и мерными стаканами.

— Кипит, — сообщила Бекка. Сок вспенился, и Бекка принялась отчаянно перемешивать. — Он не опускается!

— Продолжай помешивать! Ещё две минуты. Вот, я поставлю таймер.

Бекка помешивала. Сок бурлил и пенился, вскипая, как сверкающая пунцовая лава. Волосы прилипали к лицу, а сладость ежевики наполняла нос, лёгкие, кружила голову.

— Готово, — сказала тётя Фифи. Она выключила конфорку и стала наливать горячий сок в горячие банки. — Вытри края. Бери щипцами крышки и накрывай ими банки. Осторожно, когда будешь прикручивать. Они горячие.

Мама никогда бы не попросила об этом Бекку. У тёти Фифи не было детей, поэтому она не знала, что им можно, а что нельзя. Это было забавно.

— Ну вот, разве не здорово? — спросила тётя Фифи, глядя на восемь идеальных банок джема.

Они сияли рубиновым блеском в лучах утреннего солнца.

— Пробуй! — она протянула ложку.

— Ням! Можно мне пойти поплавать? — спросила Бекка.

— Нет, — сказала тётя Фифи. — Нас ждёт ещё несколько подходов. Была бы у мамы кастрюля побольше!

* * *

— Вы ещё не закончили? — спросила бабушка, влетев домой спустя кучу времени. — Извините, что так поздно. Я встретила друзей, и мы пообедали вместе в кафе. Когда будете печь пирог? Хочешь поплавать, Бекка?

— Она по-прежнему помогает мне, — быстро сказала тётя Фифи. Её лицо разрумянилось, а волосы растрепались. Бекка увидела пятно джема на шее, где она почесалась, держа ложку.

— Мы ещё даже не обедали, — пожаловалась Бекка.

* * *

— Если приглашаешь мужчину на ужин, нужно приготовить что-то толковое, — услышала Бекка, как бабушка инструктирует тётю Фифи. —

Нельзя подавать ежевичный джем. Я ведь позвала Мака! Может, стоит отменить приглашение?

— Я приготовлю ужин, мам! — воскликнула тётя Фифи, заполняя следующую партию банок. — Посмотри сюда, ладно? Уже двадцать восемь. Скоро возьмусь за пирог.

— Как ты довезёшь их до дома на пароме, без машины? — спросила бабушка.

— Я справлюсь. Бекка? Ты снова нужна мне.

Бекке, пока она мыла пятую партию банок, казалось, что этот день никогда не закончится.

— Сахара не осталось! — вскрикнула тётя Фифи, хлопнув дверцей шкафа. — Я думала, у нас есть ещё пакет!

— Можем закончить? — спросила Бекка. Начинался прилив, небо было голубым, а её купальник висел на верёвке, сухой и готовый к купанию.

— Нет. Мне ещё нужно разобраться с оставшимся соком, — сказала тётя Фифи. — Сходи к Кей и спроси, может ли она поделиться сахаром. Я пока начну месить тесто.

Конечно, у Кей был сахар. Целое ведро, и она всё отдала Бекке.

— Возьмёте, сколько нужно, — сказала она. — Вот, держи печенье.

Бекка еле дотащила тяжёлое ведро через лес к бабушке.

* * *

— Времени в обрез, — заявила тётя Фифи, глядя на часы. — Сока хватит на одну партию с избытком, но на две — недостаточно. Сварим всё за раз. Ах, эта жалкая крохотная кастрюлька для джема! Вымой оставшиеся банки, а я нагрею сок. Будешь помешивать его, пока я раскатываю тесто для пирога.

Снова мыльная пена. Больше банок, больше крышек, больше кипения. Бекка уже сама кипела.

— А помешивать обязательно? — спросила она. — Тут так жарко!

— Я разожгла дровяную печь, чтобы испечь пирог, — пропыхтела тётя Фифи, стукнув по столу скалкой. На кухонном столе тесто билось о банки с джемом, и облака муки вздымались вверх, затмевая их сверкающий вид.

— У матери вообще нет места на кухне, — раздражённо сказала тётя Фифи. Банки зазвенели и лязгнули друг о друга, когда она перевернула тесто и снова принялась энергично его раскатывать. — Как там сок?

— Скоро закипит, — сообщила Бекка, хотя в основном смотрела в окно. Кей уже лежала на пляже на своём полотенце, а мистер и миссис Кесвик шли к берегу с полотенцами и плаваю-

81

щим термометром, который они использовали в море.

— Мэрион тоже там, — сказала она тёте Фифи. Мэрион была шестнадцатилетней внучкой Кей.

— Ну и что? — пожала плечами тётя Фифи, стуча скалкой. — Перемешай сок.

Она перевернула тесто в форму для пирога.

— Кипит.

Бекка медленно помешивала, пока тётя Фифи отмеряла сахар для джема.

— Десять, одиннадцать, двенадцать, — считала тётя Фифи. — Даже не знаю, как думаешь, достаточно? Добавлю ещё ложку на всякий случай. Продолжай помешивать. Ах, как я ненавижу эту печь!

Бекка мешала. Тётя Фифи вывалила ягоды в форму с тестом.

— Начинает закипать, — сказала Бекка. — Очень сильно. Ещё сильнее.

— Просто продолжай мешать! — поспешно скомандовала тётя Фифи, шлёпнув на пирог верхний слой теста.

— Да-да. — Бекка внимательно следила за соседями и бабушкой. Они входили в волнующееся море, прыгая в волны, принесённые северо-западным ветром.

— Мешай! Мешай! — крикнула тётя Фифи, смазывая корочку молоком и протыкая вилкой. Выглядело так, словно она пыталась убить пирог.

— Да-да, — сказала Бекка. Она наблюдала за тем, как Мэрион бросила полотенце и побежала в воду, брызгаясь и размахивая руками.

Горячий джем плевался в разные стороны, попадая Бекке на кожу.

— Ай! — она опустила взгляд на кастрюлю. Сок поднимался ей навстречу. Он яростно кипел и бурлил, пузырился и пенился, подходя к самым краям кастрюли.

— Убегает! — воскликнула Бекка.

— Мешай! — скомандовала тётя Фифи.

— Я мешаю! Кипит, сильно кипит!

Облака пара поднимались вверх, окутывая её лицо и тело.

— Мешай! Мешай! — крикнула тётя Фифи, с грохотом открыв дверцу печи, помешав угли кочергой и громко захлопнув её.

— Поднимается! — паниковала Бекка. — Пенится! Сейчас перельётся!

— Боже мой!

Тётя Фифи схватила деревянную ложку и принялась яростно мешать.

— Выключи конфорку, — рявкнула она, но Бекка стояла, как заворожённая. Сладкий тёмный сок был живым, он двигался и тёк, пузырился, блестел, рос...

С сильным шипением джем вскипел и вырвался через край мощным пурпурным фонтаном, рубиновыми струями стекая по стенкам кастрюли, заливая конфорку, капая на пол и постепенно застывая.

— О, ради всего святого! — воскликнула тётя Фифи, не в силах вспомнить о Шекспире. — О, ради всего съестного!

Джем успокоился. Пахло жжёным сахаром.

Бекка принялась выкладывать то, что осталось в кастрюле, по банкам.

— Лучше закрой банки крышками, — сказала она тёте Фифи.

Тётя Фифи открыла шкафчик под плитой.

— Невыносимое зрелище, — промолвила она.

— Закрой крышками, — повторила Бекка, наполняя банки джемом, пока они ещё были горячими. — Давай! Это последняя партия.

Тётя Фифи молча вытерла края банок и закрутила крышки.

Бекка с шумом бросила кастрюлю в раковину и вымыла руки по самые локти.

— Какой же липкий, — сказала она. Бекка и представить себе не могла, что когда-нибудь захочет попробовать ежевичный джем.

— Слово «липкий» не совсем подходит, — возразила тётя Фифи. — Скорее, «липкий, как клей „Момент“», вот так.

— Со слизняками джему не сравниться, — заверила её Бекка. — Они самые липкие в мире.

Однажды, когда я была в походе, я случайно наступила на одного голой ногой. Его кишки прилипли к моей стопе на несколько недель, а когда я потрогала его пальцами, было такое чувство, что...

— Спасибо, что поделилась, — прервала тётя Фифи. — Но, по-моему...

Бабушка просунула мокрую голову в дверь.

— Мам, лучше не заходи сюда, — сказала тётя Фифи. — Тебе вряд ли это понравится.

— Хорошо, не буду, — согласилась бабушка и пошла в душ на улице.

Бекка заглянула в шкафчик. Джем стёк по стенкам хранящихся тут сковородок и кастрюль и густым слоем застыл на полках. Он просочился сквозь дверцу и залил пол. Джем свисал, словно цветные сосульки, с петель шкафчика и в проёме дверцы, поблёскивая застывшими капельками.

— Кто-то должен всё это вымыть, — сообразила Бекка. — Все кастрюли и сковородки. И формочки для кексов.

— И миски для смешивания, и пресс-пюре, — добавила тётя Фифи. — Неужели кто-то ещё пользуется пресс-пюре? — проворчала она. — Я всё сделаю. Иди купайся, ты и так слишком долго ждала.

Выглянув в окно, Бекка увидела свой купальник на верёвке. Он качался на ветру, как будто не мог дождаться, чтобы прыгнуть в море, но на пляже Кей и Мэрион уже паковали мокрые полотенца, а Кесвики отправились ужинать.

— Всё в порядке, — сказала Бекка, наполняя раковину в двадцать седьмой раз за день. — Я правда не хочу плавать. Всё равно царапины ещё не прошли.

6. Катер

Водопроводчик прибыл морем.

— И это хорошо, — заметила бабушка, пока Бекка гребла, чтобы встретить его у причального буя. — Продолжай грести вправо, Бекка.

— Ага.

Бекке было тяжело. Волны бились о «Зодиак».

— У Фифи будет время собраться с мыслями, — сказала бабушка. — Она сама себя загоняет. Лево руля. И не стоило мне приглашать Мака, раз уж пирог — всё, что есть у нас на ужин.

В конце концов тётя Фифи осилила только пирог.

Сантехник покачивался на шикарной моторной лодке, стараясь пришвартоваться к причальному бую Ингленукса.

— Так себе место для буя, — заметила бабушка. — Это не бухта, тут нельзя переночевать в лодке. Никакой защиты, а при приливе и отливе нет глубины.

— Он просто поужинает с нами, разве нет? — спросила Бекка.

— Нам с Фифи повезёт, если он задержится до ужина, — сказала бабушка. — Привет, Мерлин. Готов к переправе?

Водопроводчик поднял красное лицо, откинув назад прядь волос.

— Готов, — откликнулся он. — Гляди! Сюрприз! Шурин попросил испытать его лодку, и я кое-что поймал по пути.

Он размахивал лососем.

— Ты просто волшебник, раз тебе удалось поймать одного из них, — сказала бабушка. — И провидец.

Мерлин перелез через корму своей лодки и спустился в «Зодиак».

— Спасибо, что пришли переправить меня. Я уж думал, придётся добираться вплавь.

* * *

— Смотри, — сказала бабушка. — Совсем не трудно и даже не мерзко.

— Что это? — спросила Бекка, тыкая в мягкие кусочки лосося.

— Печень. Гляди, а вот кишечник и желудок. Если бы мы захотели, то могли бы узнать, что он ел.

— Нет, спасибо, — отозвалась Бекка. Она погладила красивое серебристое брюхо лосося.

Бабушка вытащила кишки и бросила их в море. Затем отрезала голову и вымыла рыбу.

— Оставим голову орлу, — сказала она.

Бекка положила голову на скалу Русалки.

— Его действительно зовут Мерлин? — спросила Бекка.

— Да. Он волшебник по части труб. По крайней мере, так написано на его фургоне.

— Как думаешь, они спорят о Шекспире? — продолжила Бекка.

— Возможно, — ответила бабушка. — Мы поднимем рыбу и будем судить.

Но Мерлин и тётя Фифи не спорили. Мерлин мыл салат-латук, а тётя Фифи собирала травы в саду.

— Какая занятая женщина, — сказал Мерлин Бекке. Он с трудом сумел найти место для салата среди пятидесяти семи банок джема. — Тут кто-то умер? — спросил он, глядя на пятно на полу.

* * *

— Дугальд говорит, будет шторм, — сообщила Бекка, повесив трубку. — Ветер северо-западный, порывы до тридцати узлов.

— Похоже, придётся идти домой пешком, — сказал Мерлин, разрывая на кусочки латук и наблюдая за тем, как лодка его шурина поднимается и опускается у причального буя. — Или, может быть, ты подвезёшь меня, Изобель?

— Или я, — откликнулась тётя Фифи. — Хочешь бокал вина? Или сначала заменишь прокладку в кране?

— Не отказался бы, спасибо, — сказал Мерлин, принимая бокал. — Фифи, дорогая, ты даже не представляешь, какую плату я запрошу.

Бабушка пристально смотрела на тётю Фифи, но Бекка подумала, что тётя была необычайно вежливой.

Мерлин заменил прокладку, лосось тихонько зашипел в духовке. Тётя Фифи убрала банки с джемом, а Бекка накрыла на стол. Приехал Мак, и оказалось, что он тоже знал Мерлина.

— Когда же придёт насос? — спросил Мак. — Он нужен мне до того, как переходить к следующему этапу строительства. Ко мне приезжают родственники, и чем раньше он будет, тем лучше. Вот, Изобель, я принёс тебе симпатичную бутылку, своего тёзку*, чтобы скрасить прохладные ночи.

* * *

— Что, Бекка? — сказал Мерлин. — Тебя заинтересовали мои веснушки, или что-то застряло у меня в зубах?

---

* Имеется в виду виски «Макаллан».

Бабушка строго посмотрела на Бекку, а тётя Фифи улыбнулась.

Бекка не знала, что ответить, и уткнулась в свою тарелку. Она не могла сказать водопроводчику, что надеется услышать стук его зубов или даже увидеть, как они выпадают.

— Мне просто любопытно... — вымолвила она.

Тётя Фифи ухмыльнулась. Бабушка очень серьёзно, с предостережением посмотрела на Бекку. Даже Фрэнк пристально глядел на неё, но, вероятно, из-за рыбы.

— ...как ты так сильно заинтересовался Шекспиром, — закончила она наконец.

— Шекспиром?

— Ещё рыбы? — спросила бабушка. Она сунула остатки лосося Мерлину в лицо. Несомненно, она вспомнила о том эпизоде прошлым летом, когда Бекка видела, как его ноги дёргались во время спора.

Но Мерлин улыбнулся. «У него обычные зубы», — подумала Бекка, всматриваясь в его лицо.

— Раньше я был актёром, — сказал он.

— Настоящим актёром? — переспросила Бекка. — Играл в театре? На сцене? С шекспировскими ролями?

— Именно.

— Но как водопроводчик мог стать шекспировским актёром?

— То есть как актёр мог стать водопроводчиком, — поправил её Мерлин.

На мгновение тётя Фифи остолбенела, и даже у бабушки покраснели щёки.

— Актёр! Вот почему ты ничего не знаешь о сонетах, — выпалила тётя Фифи.

— Фиона! — предупреждающе воскликнула бабушка.

— В каких спектаклях ты играл? — спросила Бекка.

— В разных, — ответил Мерлин. — В основном в комедиях. Знаешь, постановки со счастливым концом, о любви. Я сыграл почти всех глупых молодых любовников, придуманных Шекспиром.

— Глупых! — ахнула тётя Фифи.

— Признайся, Фифи, — сказал Мерлин. — Все эти молодые любовники — болваны. Просто кучка смазливых лиц.

— Смазливых лиц!

Бекка посмотрела на симпатичное веснушчатое лицо Мерлина с довольно обычными зубами и подумала, что может разглядеть в нём красавца-любовника.

Он ухмыльнулся ей.

— Со мной случилось страшное несчастье, — поделился он, в то время как сильный ветер обрушился на бабушкин домик. — Когда я играл того парня, который расклеивает стихи на деревьях.

— Орландо, — вставила тётя Фифи. — «Как вам это понравится».

Бекка знала, что тётя Фифи не может не назвать персонажа и пьесу. Бабушка так же распознавала птиц.

— Без разницы, — сказал Мерлин. — У нас были деревья, очень похожие на настоящие, но, конечно, они не вросли корнями в пол. Я подошёл прибить стихотворение, и по странной случайности — бамс! — одно из деревьев упало и ударило меня прямо по лицу.

Тётя Фифи испугалась. Бабушка тоже. Но Бекка засмеялась.

— Можешь смеяться, — отозвался водопроводчик. — Но то дерево положило конец моей карьере. Оно выбило мне передние зубы и несколько других. Это был конец. Кто-нибудь слышал о шекспировском актёре без передних зубов? Нет. Никто. Даже самому старому, дряхлому персонажу Шекспира нужны зубы. «Но хроника чудесных превращений идёт к концу, — произнёс он, и голос его вдруг зазвучал напряжённо и даже немного безумно. — В последней сцене пьесы: склеротик, впавший в детство; ни зубов, ни зрения, ни слуха, ни-че-го»*.

Повисла тишина.

---

* Из пьесы У. Шекспира «Как вам это понравится». Перевод Ю. Лифшица.

— «Ни» означает «без», — объяснил он Бекке своим обычным голосом. — Без зубов, без зрения, понимаешь? Шекспир знал, что, когда теряешь зубы, это конец. Во всяком случае, твоей актёрской карьеры.

— Но у тебя есть зубы, — отметила Бекка.

— Полностью искусственные, — возразил Мерлин, постукивая резцами. — Смотри!

На мгновение он снял их, и Бекка увидела тёмное беззубое пространство. Теперь он выглядел совершенно по-другому, как будто он действительно был героем пьесы, а вовсе не Мерлином. Потом он вставил зубы обратно и снова стал похож на водопроводчика.

— Как... интересно, — сказала Бекка. Несомненно, в этом и заключался секрет стучащих зубов.

— Поразительно, — добавила тётя Фифи.

— Да, — согласился Мерлин. — Кто бы мог подумать, что Шекспир может так повлиять на зубы. Одно время мне казалось, что я буду есть через соломинку до конца своих дней.

— Я имела в виду не твои зубы, — раздражённо сказала тётя Фифи. — А то, что ты играл во всех этих спектаклях! Ты ведь должен знать тексты досконально.

— Да, — ответил Мерлин. — Я знаю их наизусть.

Он скрестил руки на груди.

Тётя Фифи выглядела задумчивой, когда убирала со стола посуду. Она, наверное, вспоминала о том, как назвала водопроводчика болваном.

*   *   *

— Пирог бесподобный, — похвалил Мерлин.

— Даже сам по себе он мог бы стать превосходным ужином, — добавил Мак.

— Ты превзошла себя, Фифи, — согласилась бабушка.

— Это, наверное, из-за крови, — сказала Бекка, показывая Маку и Мерлину свои руки с затянувшимися корочкой царапинами.

— Да, — протянул Мерлин. — Никто не предупредит, что играть Шекспира или собирать ягоды может быть опасно для жизни. Приходится учиться на собственном опыте.

— Любое занятие с тётей Фифи может быть опасно для жизни, — прошептала Бекка. Водопроводчик понравился ей, и она хотела его предостеречь.

— Я верю тебе, — тихо произнёс он в ответ, но прежде чем Бекка успела рассказать ему и Маку, как тётя Фифи сегодня залила весь дом джемом, а вчера угодила в кусты ежевики, та уже вернулась к столу.

— Давайте выпьем кофе на террасе, — предложила она. — Там ветрено, но приятно. И нам не придётся смотреть на грязные тарелки.

— Я помою посуду, — предложил Мерлин.

— Позже, — сказала тётя Фифи и направилась к выходу. Держа в руках кружку кофе, она плюхнулась в шезлонг.

— Значит, тебе кажется, что молодые любовники глупы, — промолвила она.

— Туповаты для мужчин, — подтвердил Мерлин. — Прекрасный кофе.

— Возможно, это не самое главное в них, — строго сказала тётя Фифи.

— Конечно, главное! Вспомни ужасную поэзию Орландо!*

— Поэзия! — воскликнула тётя Фифи. — Что ты знаешь о поэзии?

— Взгляните вон на ту лодку, — сказала Бекка. — В ней, наверное, сильно дует.

— Ещё как, — подхватил Мак. — Сегодня ночью обещали шторм, северо-западный ветер с порывами до пятидесяти узлов. Эта лодка не протянет и минуты.

— Какая лодка? — спросила тётя Фифи, но тут же продолжила: — Мерлин, я не знаю, почему у тебя такая злость, такая предвзятость к поэзии! У человека, который играл Шекспира!

---

* Персонаж пьесы У. Шекспира «Буря».

— Что же здесь предвзятого? — потребовал объяснения Мерлин.

— Надо быть глупцом, чтобы в такую погоду выйти в море на лодке, — заверила бабушка Бекку.

— Ну, там никого нет, — сообщила Бекка. — Похоже, она сама по себе.

— Снова спасать! — предсказал Мак. — Что с вами, люди и лодки?

Бекка заметила отблеск заходящего солнца на ветровом стекле. Лодка зависла на гребне, накренилась и исчезла за следующей волной.

— У неё стационарный двигатель, — заметила Бекка. — Мерлин приплыл на такой же.

— Они не слушают, — ответила бабушка. — Если ты ещё не заметила. Горе мне! Он единственный водопроводчик на острове!

Огромные буруны со свистом неслись и пенились в бухте и над пляжем. Гигантский занавес из белых брызг вдруг хаотично взметнулся, на мгновение завис в воздухе, а затем снова упал в море.

— Это же называется «штормование лагом к волне»? — спросила Бекка.

— Штормование лагом к волне! — подтвердила бабушка, вскочив на ноги. — Именно так! Мерлин, а это не лодка твоего шурина?

— Как ты можешь так говорить, Фифи? — возразил Мерлин. — Он даже не смог подобрать рифму к «Розалинде», а это одна из лучших работ Ор-

97

ландо! Что ты сказала, Изобель? Какая лодка? О, великий Поллукс! О, голова Нептуна! — крикнул Мерлин, сбегая по ступенькам на берег. — Лодка Арнульфа! Она разобьётся!

— Бекка, пора поплавать, — сказала ей бабушка. — Беги за купальниками, и Фифи тоже. Скорее.

— Так и знал, что этот швартовый трос никуда не годится! — взвыл Мерлин. — Я же говорил Арнульфу!

— Трос нормальный, — возразила бабушка. — Тебе бы взять пару уроков по вязанию узлов.

— Надеюсь, с трубами он управляется лучше, чем с лодкой, — заметил Мак и спрыгнул на пляж.

Запыхаясь, Бекка натянула купальник. Бабушка и тётя Фифи вышли из дома раньше неё и теперь бежали к пляжу, словно богини, которых Бекка видела однажды на картине. Богини в закрытых купальниках. Даже в сумерках она могла разглядеть, как мелькают длинные ноги тёти Фифи, а следом за ней бабушкины. Они промчались мимо причитающего Мерлина и добежали до песка и пенящихся волн.

Бекка догнала их на мелководье.

— Что будем делать? — крикнула она. Ветер развевал её волосы и швырял брызги в лицо.

— Надо поймать лодку, пока волны не разбили её о берег, — громко ответила тётя Фифи. — Вперёд!

Бекка схватила тётю Фифи за руку и помчалась к набегающим волнам.

— Вода тёплая!

— Прекрасно! — хором закричали бабушка и тётя Фифи.

* * *

Катер Арнульфа зажил собственной жизнью. Он поднимался боком на гребнях волн, и всякий раз, когда тётя Фифи прыгала в попытке ухватиться за его нос, он оказывался вне досягаемости.

— Надо развернуть лодку, — заорала бабушка. — Сначала возьмём его за нос.

Гладкий белый стеклопластик взмыл высоко над Беккой и опустился перед следующим буруном. Руки соскользнули с мокрых краёв.

— Назад, Бекка! — крикнула бабушка. — Она может ударить тебя!

В сумерках, в набегающих волнах лодка была похожа на огромное неуклюжее животное, умышленно прыгающее и увиливающее.

Она провалилась в подошву волны, обнажив нижнюю часть кормы, где находился мотор. Он был сделан так, чтобы люди могли забраться на корму. Там даже были ручки.

— Эй! — позвала Бекка.

Дул сильный ветер, набегали волны, и никто её не услышал.

Лодка вынырнула, скользнув боком.

Бекка схватилась за ручку. Волна подняла лодку вверх, а вместе с ней и Бекку.

— Эй! — закричала она.

— Бекка! — позвала бабушка.

— Я держу её! — завопила Бекка.

— Конечно! — сказала бабушка, тут же повиснув на транце рядом с Беккой. — Мы можем развернуть её сзади. Мерлин! Фифи! — ревела она в надвигающейся темноте. — Мак!

— Толкай, — крикнул Мерлин, появившись рядом с Беккой, мокрый и тёплый. — Толкай, Фифи!

Волны окатывали их, подхватывали и уносили. Бекка поднималась и опускалась так, что иногда её пальцы ног даже не дотягивались до песчаного дна. Она, Мерлин, тётя Фифи, Мак и бабушка толкали, тянули, тащили лодку. Морская вода заливала Бекке лицо, попадала в рот. Постепенно корма развернулась: нос теперь указывал на пляж.

Тётя Фифи и водопроводчик схватились за планширь и повели лодку на мелководье.

— Может, нам удастся снять мотор и вытащить её на пляж? — крикнул Мерлин. — Я мог бы взять лодочный прицеп Арнульфа и отбуксировать его домой. Но затащить катер на пляж с этим большим мотором будет слишком тяжело.

— Не получится! — сказала тётя Фифи. — Мотор с лодки так легко не снимешь. Просто вытащим на берег и дождёмся утра и лучшей погоды. — Её голос звучал довольно мягко.

— Ты права, — сказал Мерлин, безуспешно надавливая на мотор.

— Ничего страшного, — ответила тётя Фифи. — На пляже лодка будет в безопасности.

— Я не оставлю её, — возразил Мерлин. — Она даже не моя! Вдруг с ней что-то случится?

— Мы присмотрим за ней, — пообещала тётя Фифи.

— Напрашиваемся на неприятности, — проворчала бабушка Бекке и Маку, когда они толкали лодку вперёд, пока волны достаточно мягко не вынесли её на берег.

Но Бекку вдруг осенило. Во-первых, тётя Фифи прекрасно проводила время, а во-вторых, ей нравился водопроводчик.

* * *

Тётя Фифи спустилась к лодке с термосом, бабушкиным фонарём и парой шезлонгов. Мерлин уже переоделся в сухие вещи — старые дедушкины штаны без резинки и дырявый свитер горчичного цвета. Бабушка хранила их на всякий пожарный,

101

только запястья и лодыжки Мерлина всё равно оставались открытыми для стихии.

— Вокруг тебя жизнь полна событий, — сказал Мак Бекке перед отъездом. — Как у тебя получается так заводить взрослых? Или просто сейчас нет кузин, с которыми ты могла бы лазать по скалам, поэтому тебе нужно найти что-то другое?

— Я тут ни при чём! — запротестовала Бекка.

— Да брось! — сказал Мак и, весь мокрый, отправился домой.

Бекка посмотрела на пляж. Она могла разглядеть, как еле различимый свет бабушкиного фонаря отражается от блестящего корпуса лодки, создавая тени Мерлина и тёти Фифи.

— Как думаешь, о чём они говорят? — спросила она.

— Зря они сидят там вместе, — мрачно сказала бабушка. — Да ещё и всю ночь напролёт! Ничего хорошего из этого не выйдет. Он единственный водопроводчик на острове!

— И он обещал вымыть посуду, — грустно добавила Бекка, глядя на гору грязных тарелок.

7. Хождение под парусом

〜〜〜〜〜〜〜〜〜〜〜〜〜〜〜〜〜〜

К утру море совсем успокоилось. Мерлина не было, как и лодки его шурина.

— Не знаю, что было у Фифи в термосе, — прошептала бабушка Бекке, — но им это не помогло.

— Они спорили?

— А ты как думаешь? — воскликнула бабушка, всплеснув руками. — Он же единственный водопроводчик на острове!

— Мама! — крикнула тётя Фифи. — Может, хватит это повторять? Тебе не о чем беспокоиться!

Это правда. В домике бабушки использовалась дождевая вода, которая стекала с крыши через водосточные трубы в баки. Летом, когда не было дождя, воду приходилось экономить. Все по очереди носили питьевую воду из колодца, а водопровод использовался только для непитьевых нужд — туалета, мытья посуды, а иногда и очень-очень короткого душа. Никаких ванн! Одним из любимых занятий Бекки было купание в море — оно содержало её в чистоте во время летних визитов к бабушке.

Но, по словам бабушки, отсутствие большого количества воды не означало, что у неё не будет необходимости в водопроводе. Или что она не хотела бы найти сантехника, равнодушного к Шекспиру.

Тётя Фифи гремела ящиками с ежевичным джемом. Она ничего не сказала — многозначительно.

Бекка обняла её на прощание, хотя та ворчала. Тётя Фифи смягчилась и поцеловала её.

— Тётя и племянница по рождению, сёстры по крови, — сказала она, указывая на свои раны после сбора ежевики. — И скоро у тебя будет ещё одна сестра — а может, брат!

Она тащила коробки с джемом на паром. Из-за царапин на руках казалось, будто у неё редкое кожное заболевание.

* * *

— Чем же мы займёмся? — спросила Бекка бабушку. День внезапно показался пустым.

— Чувствую, мне нужно отдохнуть после приезда Фифи, как всегда, — сказала бабушка. — Давай посидим на пляже и выпьем чаю.

Трудно было поверить, что ещё вчера дул сильный ветер. Бекка прислонилась к коряге и положила ноги на тёплый камень. Проблема с сидением на месте заключалась в том, что она тут же задумалась о маме, которая вот-вот родит, и о папе, который должен был ей помогать.

— Я могла бы быть на пароме, — сказала она бабушке.

— Могла бы, — согласилась та. Казалось, она сразу поняла, о чём думала Бекка. — Но я рада, что ты решила остаться со мной. Ребёнок может родиться через неделю, а то и через две. А мне было бы одиноко без тебя.

— Правда?

— Да. Разве это так странно?

— Даже когда я использую слово «путин» в «Скрабле»?

— Давай не будем об этом, — попросила бабушка.

— Она же будет совсем маленькой, — сказала Бекка, снова думая о ребёнке. — Крошечной.

— О да, — ответила бабушка. — Он или она. Тебе придётся присматривать за ней. Или за ним.

— И она приплывёт сюда, когда ей будет всего день, а может, два, — сказала Бекка.

— Устроим вечеринку в честь дня рождения, — подхватила бабушка. — Приедет вся семья, и мы встретим его или её — празднично! Ты больше не будешь единственным ребёнком.

— Давай пройдёмся по берегу, — предложила Бекка. Внезапно ей захотелось встать и заняться делом, а не сидеть на пляже и думать о родителях, младенцах и единственных детях в семье.

И они отправились на прогулку вдоль бухты Мичман, заглянули под несколько камней, нашли выброшенный на берег морской салат и обследовали лужицы под скалистыми выступами.

Бекка нашла морские огурцы и актинии. А ещё несколько морских звёзд: колючую и фиолетовую, тощую и красную, склизкую и коричневую. Она увидела корчащуюся звезду и другую, у которой было семнадцать ног. Нашла натику и ожерелье из её яиц. Обнаружила рыбью икру под камнем.

Но что бы ни нашла Бекка, бабушка говорила о видах. О научной классификации, о семействах и подсемействах. И о различных способах деторождения у морских животных. Когда они нашли натику, бабушка сообщила Бекке, что каждая натика — одновременно и мужчина, и женщина. А когда они рассматривали икру, бабушка рассказала, как папы-мичманы охраняют и защищают икру после того, как мама-рыба уплыла, забыв о ней.

— Семьи могут быть странными, — сказала Бекка, стараясь не думать о Люси и Алисии и их маме, тёте Катрионе, или о старших кузинах Молли и Ардет и их родителях, тётушке Клэр и дяде

Кларенсе, о тёте Фифи и даже о тётушке Мэг и дяде Мартине, которые приедут сегодня вечером. И особенно отгоняя мысли о папе, маме и её будущей сестре или, может быть, брате. Потому что весь смысл прогулки заключался в том, чтобы не думать об этих вещах.

— Можно я позвоню маме и папе, когда вернёмся? — спросила она, наконец сдавшись. — Чтобы узнать, как дела.

Затем, надеясь, что бабушка перестанет говорить о детях и семьях, Бекка повела её посмотреть на морских ежей.

— Но там такие скользкие водоросли, — ответила бабушка. — И прилив уже достаточно сильный: не получится хорошенько их разглядеть.

— Мы их увидим, — возразила Бекка, таща её за руку. — Они такого же цвета, как джем тёти Фифи.

— Удивлена, что ты вспомнила о нём, — сказала бабушка. — Но похожи, да.

В солнечном свете сквозь плещущиеся волны набегающего прилива морские ежи махали багровыми иглами и блестели.

— Гляди! — воскликнула бабушка. — Только взгляни на этих малышей!

Она перегнулась через край песчаника и рассматривала дно вокруг камня, за который цеплялись крошечные ежи.

— Какая прелесть! — сказала бабушка. — Они... упс!

И с сильными брызгами она упала в море, увлекая за собой Бекку.

Бабушка больше ни разу не упомянула о детях, пока они шли домой в мокрой насквозь одежде.

* * *

— Ну, я почти восстановилась после Фифи, — сказала бабушка по пути. — Кто приедет сегодня вечером? Я уже запуталась.

— Тётя Мэг и дядя Мартин, — ответила Бекка. — И я хочу пойти под парусом. Попрошу дядю Мартина помочь мне подготовить «Бургомистра».

— Удачи, — сказала бабушка. — У нас было много приключений в этой лодке, не уверена, что тебе захочется повторить их.

* * *

— Можем оснастить «Бургомистра», — согласился дядя Мартин на следующее утро, осматривая бабушкину лодку.

— Оснастка развалилась, но все детали у нас есть, — сказала бабушка. — Я просто не уверена в надёжности лодки.

— Своеобразная конструкция для парусного судна, — заметил дядя Мартин, и Бекка подумала, что вряд ли это комплимент.

— Ну, её построил друг дедушки, — отозвалась бабушка. — Она единственная в своём роде.

— Можно и так сказать, — согласился дядя Мартин.

— Всё будет хорошо, — сказала Бекка. — Помогите! — Она изо всех сил тянула перевёрнутую лодку.

Вместе они вытащили её из кустов и поставили на киль.

— «Бургомистр»? — прочитал дядя Мартин. — Звучит как шумное сморкание в платок. Ну-ка, сначала залечим эту дырку, ну и ну, а потом, хм…

Он осмотрел планширь и уключины, транец и румпель.

— Она вся зелёная, — сказала Бекка. — На ней растут водоросли.

— Это от тени сосен и непогоды, — ответил дядя Мартин. — Мы почистим её.

Светило солнце, дул ветерок, и всё утро Бекка и дядя Мартин распутывали оснастку, латали и чистили, соскабливали и протирали.

— Мы почти закончили! — крикнула Бекка, рывками поднимая парус.

— Натри воском, — посоветовал дядя Мартин. В следующий раз, когда Бекка натянула верёвку, парус взлетел по мачте, развеваясь и хлопая.

— Ну вот! — воскликнул дядя Мартин. — Лодка готова!

* * *

Тётя Мэг не хотела идти под парусом.

— Ну пожалуйста, — умоляла Бекка.

— Меня укачает — морская болезнь, — отказывалась тётя Мэг. — Меня уже подташнивает. И я ничего не знаю о парусном спорте.

— Я буду управлять, — предложила Бекка.

— Ты ещё маловата, — возразил дядя Мартин. — Но можешь быть юнгой, моим помощником. Точнее, помощницей.

— Будьте осторожны, — предупредила их бабушка. — Дугальд говорит, что позже будет сильный ветер, и вы вряд ли захотите ему попасться.

— Мы просто немного прогуляемся, — сказал дядя Мартин. — Ты с нами, Мэг? Старший помощник?

— Да, наверное, — наконец согласилась тётя Мэг, — если только на небольшую прогулку.

— Зуб даю, — подтвердил дядя Мартин и крепко поцеловал её.

Бекке пришлось отвернуться.

Тётя Мэг вышла замуж за дядю Мартина прошлым летом, и теперь они жили вместе на таком же маленьком острове, как бабушкин. Но дядя Мартин часто бывал в море, ходил на буксире на юг и на север, назад и вперёд. Возможно, поэтому они всегда были такими слащавыми. В любом случае Бекка не была уверена, что хотела бы застрять с ними на «Бургомистре», если они будут так себя вести.

— Ну что, всё готово? — спросил дядя Мартин.

Они опустили «Бургомистра» в море.

Бабушка отошла. Они отплыли.

* * *

Бекка села на носу перед мачтой. Она даже поместилась там в своём спасательном жилете. Она могла крутиться, смотреть вперёд и предупреждать о торчащих из воды камнях или оглянуться назад и увидеть тётушку Мэг в середине лодки и дядю Мартина на корме.

Тётя Мэг гребла, уводя их с мелководья.

— Мы совершим поворот оверштаг через бухту и посмотрим, как поведёт себя лодка, — сказал дядя Мартин. — Сушите вёсла!

Тётушка Мэг втянула вёсла. Парус громко затрепетал и туго надулся.

— Вперёд! — тётя Мэг улыбнулась, и дядя Мартин наклонился, чтобы поцеловать её, да так, что парус дёрнулся и «Бургомистр» чуть не нырнул в море.

— Ой!

Дядя Мартин усмехнулся, и они пошли полным ходом. Лодка разрезала воду. Волосы Бекки развевались, она смотрела вперёд — сначала на бурлящую пену у носа, а затем на синее море перед ними.

Всё было отлично. Тётя Мэг подумала о том же, и когда дядя Мартин сказал: «Как насчёт того, чтобы вывести её в пролив?», тётя Мэг засмеялась и ответила: «О, Мартин, я бы ни за что не стала обрезать тебе крылья!»

Дядя Мартин развернул «Бургомистра» и направил его в широкий пролив, а сам выглядел так, словно снова собирается поцеловать тётушку Мэг. Бекка повернулась, чтобы посмотреть, как вода кружится вокруг них, и почувствовала, как ветер дует в неё, будто она тоже парус или морская птица.

Казалось, она может взлететь.

— Гляди, «белые лошади»! — крикнул дядя Мартин.

— О чём ты? — спросила Бекка.

— Посмотри на воду! Волны!

Бекка увидела, как синие тёмные волны спешат к ней, набегая и образовывая гребни с летящей во все стороны пеной. Они вздымались под

«Бургомистром», опуская его, шатая и унося с собой пузырящиеся белые гривы.

Плюх! — «лошадь» заскочила в лодку и облила Бекку.

— Ой!

— Прости! — сказал дядя Мартин. — Возьмём курс на юг и поскачем с ними!

Он повернул на другой галс, и «белые лошади» перестали пытаться запрыгнуть внутрь. Бекка свисала с носа, пока лодка скакала галопом по бурным морям. Волосы лезли ей в рот. В носу кипела вода.

— Можно я поуправляю парусом? — спросила она.

— Нет, — сказал дядя Мартин. — Ты у нас впередсмотрящий.

Бекка и так это делала. Но на что ей смотреть? Волны поднимались под ней, а затем расходились, разрезанные носом.

Она слизнула соль с кожи. Не такая уж она и маленькая. И достаточно сильная, чтобы справиться с парусом.

— Думаю, нам пора возвращаться, — сказала тётя Мэг.

— Ещё немного, — взмолилась Бекка. Ей нравилась эта быстрая скачка.

— Ладно, дай мне попробовать, — попросила тётя Мэг, дядя Мартин передал ей румпель, и они поменялись местами.

«Почему сейчас её очередь, а не моя?» — недоумевала Бекка. Тётя Мэг ничего не знала о парусном спорте. Она сама так сказала.

Бекка смотрела, как дядя Мартин объяснял тётушке Мэг, как ей привестись, увалиться и обезветрить паруса. Тётя Мэг проплыла мимо мыса Андерсон, мимо домика Боулдингсов и направилась к мысу Мэйфилд. Море и ветер несли их. «Бургомистр» летел. Бекка и тётя Мэг запели.

«У Бетси был ребёнок, одежда его бела, — пели они. — Пошёл брашпиль! Джонни, нам всем давно пора...»

Дядя Мартин не пел. Он задумался, на лбу проступили морщины, а взгляд стал серьёзным, как будто он сосредоточился на чём-то очень и очень важном.

— К повороту! — крикнула тётя Мэг.

Гик перелетел на противоположный галс, и лодка наклонилась в другую сторону. Бекка была рада, что застряла в спасательном жилете там, где была.

Что-то было не так с дядей Мартином. Казалось, он настолько глубоко погрузился в свои мысли, что не замечал ни «Бургомистра», ни Бекку, ни тётю Мэг, ни даже море вокруг них.

Что-то было не так с дядей Мартином и с тем, как они шли под парусом.

— Мы идём задним ходом, — сказала Бекка.

— Что? — тётушка Мэг перестала петь.

— Раньше мы были напротив того дерева, а теперь оно впереди.

— Понятно.

Вдруг дядя Мартин свесился через планширь и издал ужасный звук.

— О, бедный Мартин, — сказала тётушка Мэг. — Не волнуйся. Я побуду капитаном.

Дядя Мартин снова издал ужасный звук. Бекка вспомнила о морских огурцах, бабушка рассказывала, что, когда они напуганы, их тошнит. Но морские огурцы делают это не со звуком очень плохой канализации, который вырывался у дяди Мартина.

Тётушка Мэг снова развернула лодку.

— Возможно, если сменим курс, сможем быстрее идти против течения, — сказала она.

Бекка никогда не видела, чтобы тётя выглядела такой серьёзной.

— Мы по-прежнему идём задним ходом, — сообщила Бекка чуть позже. — Я больше не вижу дом Боулдингсов.

— Лодка хоть и «Бургомистр», но плывёт, как пингвин, — коротко сказала тётушка Мэг. — Теперь против нас и течение, и ветер. Я не знаю, как мы доберёмся до дома.

— Может, используем вёсла? — громко ответила Бекка, перекрывая шум ветра и дяди Мартина. — Грести и идти под парусом!

— Как? — обеспокоенно спросила тётушка Мэг. — Я не могу одновременно управлять парусом и грести! Это безумие.

— Я. Могу. Управлять. Парусом!

Бекка ответила отрывисто. «Белые лошади» попытались заскочить в «Бургомистра». Лодка подпрыгнула и ударилась о подошву волны.

— Что?

— Я могу помочь! — воскликнула Бекка.

— У нас нет выбора, — наконец согласилась тётушка Мэг.

Бекка доползла до кормы, а дядя Мартин повис на носу. Он вряд ли поместился бы там, но всё равно наполовину вывешивался из лодки. Когда они менялись местами, Бекка увидела его лицо. Серое, как у мертвеца, — совсем не похожее на его обычный образ моряка-авантюриста.

— Возьми вон ту верёвку, — велела тётя Мэг. — Это грота-шкот. Он позволяет гику с парусом ходить влево-вправо.

— Я знаю! Я слышала! А это румпель, — сказала Бекка, схватив его. — Он ходит туда-сюда вот так. Прямо как на «Зодиаке». — Она покачала им из стороны в сторону.

Тётушка Мэг выглядела изумлённой.

— Хорошо, что ты знаешь, — вымолвила она. — Я буду грести, а ты постараешься управиться с парусом, и вместе мы доставим этого «Бургомистра» обратно в гнездо.

— Двойная сила, — откликнулась Бекка.

— Точно.

Румпель загудел под рукой Бекки, а грота-шкот врезался в пальцы. Лодка легла курсом на пролив с Беккой-рулевым. Тётушка Мэг взялась за вёсла.

— Держи парус крепче! — скомандовала она Бекке. — Смотри на парус! Чувствуй ветер!

Бекке не нужно было объяснять. Она подставила лицо ветру, сильно натянула шкот и успокоила бушующий парус.

Тётя Мэг взмахнула вёслами.

Дядя Мартин держался особняком на носу.

«Бургомистр» с усилием преодолел сначала одну волну, затем вторую. Своенравный парус вырывался у Бекки, и ей пришлось вцепиться обеими руками. Руль у неё под мышкой дёрнулся. Она выпустила грота-шкот и почувствовала живой трепет румпеля. Парусный спорт был ей понятен и близок.

— Мы больше не идём задним ходом.

На горизонте появился домик Боулдингсов.

— Нам предстоит долгий путь, — мрачно сказала тётя Мэг, блестя от пота.

Но Бекка видела, что у них получается. Набежала волна, и тётя Мэг откинулась назад. Подул ветер, и Бекка поймала его. Ветерок подчинился. «Бургомистр» набирал обороты.

— Когда ты успела стать таким хорошим моряком? — поинтересовалась тётя Мэг. — Страшновато оказаться в воде, но ведь не было штормового предупреждения для малых судов?

— Нет, — сказала Бекка. — Дугальд говорил, что скорость порывов ветра — от пятнадцати до двадцати узлов. Он никогда не называет это штормовым предупреждением для малых судов.

Море грохотало и гудело, а иногда шумел и парус, заглушая ужасные звуки дяди Мартина. Бекка управляла кораблём, а тётушка Мэг работала дополнительным двигателем.

«Бургомистр» летел по водным просторам.

* * *

Прошло немало времени, прежде чем Бекка пропела:

— Швертбот на месте!

Она привела лодку в бабушкину бухту.

— О, Мартин! — Бекка услышала тётю Мэг, но смотреть не стала. Она не сводила глаз с курса, держась за румпель и осторожно направляя «Бургомистра» к песчанику.

8. Свечение моря

Тётушка Мэг и дядя Мартин гостили три дня, и за это время Бекка узнала больше о плавании под парусами. Ветер был слабее, и дядя Мартин больше не страдал от морской болезни.

— Изредка такое случается, — объяснил он. — У меня болела голова, и я очень устал после ночного дежурства. И вот, пожалуйста. Я думал, что ты слишком мала для плавания, но ты доказала, что я ошибаюсь, так что в этом есть и плюс. Нужно достать тебе приличную лодку.

— Может, я смогу пройтись под парусом с Молли и Ардет, — сказала Бекка, обнимая дядю и тётушку Мэг на прощание. — Они приедут завтра.

Бекка любила Молли и Ардет. Они строили лучшие в мире замки из песка, а в прошлом году соорудили плот, и втроём они доплыли до мыса Андерсон. Они играли в «Сардины», «Захвати флаг» и «Пни консервную банку». Они брали Бекку на прогулки и пикники со своими друзьями Кэти,

Фрэнсис и Ташей. Молли и Ардет не сидели на месте, но, в отличие от тёти Фифи, их приключения не были сопряжены с болью и, в отличие от Люси и Алисии, не были связаны с неприятностями.

Но в тот момент, когда Молли и Ардет приехали, Бекка поняла, что это лето будет другим.

Они выросли. Они всегда были выше, но этим летом они нависали над ней и казались огромными. Их тела были большими и сильными, и смеялись они над вещами, которые казались Бекке бессмысленными. Они были пятнадцатилетними близнецами.

— Пойдём купаться! — крикнули они, откопав в вещах купальники и срывая с себя одежду.

Они бросились в воду с обеих сторон от Бекки, раскачивая её на волнах.

*   *   *

Но на следующее утро их было не добудиться.

— Пойдём купаться, — позвала Бекка, тыкая их в спальных мешках. — Или прогуляемся под парусом.

— Они ещё спят, — сказала бабушка — что было очевидно, подумала Бекка. — Но ничто не мешает нам с тобой пойти поплавать.

Бекка не могла дождаться, когда близняшки проснутся.

Вместе с бабушкой они поплавали, приготовили и съели завтрак, помыли посуду и пополнили запасы питьевой воды, накачав её из колодца. Они выпили кофе с Кей, сходили в бесплатный магазин и на фермерский рынок.

Но когда они вернулись домой, Молли и Ардет всё ещё спали.

— Наверное, у них была долгая поездка, — сказала Бекка.

Бабушка улыбнулась.

— Наверное, — согласилась она. — Давай соберём остатки лаванды.

— И единственный помидор? — спросила Бекка. Бабушкин сад выглядел грустно, несмотря на их весенние труды.

— Что случилось с горохом?

— Робинс съел, — ответила бабушка. — И слизняки. Вот, держи ведро для лаванды.

Бекке нравился её глубокий маслянистый аромат. Каждый стебель она собирала аккуратно, вспоминая о прошлогоднем лете.

— В том году, когда было ветрено, мы прыгали на волнах перед завтраком, — начала она. — В самый первый день приезда близнецов. Помнишь?

— Помню, — откликнулась бабушка.

— Почему они такие сони?

— Сон для них как еда, — объяснила бабушка. — Возможно, через несколько лет ты будешь такой же.

— Ни за что, — сказала Бекка.

Они долго копались в саду, а когда вернулись домой, Молли и Ардет читали.

— Чем займёмся? — крикнула Бекка, запрыгивая к Молли на колени. — Пойдём под парусом! Я научилась им управлять!

Молли засмеялась и стиснула её.

— Нет, давай читать! Сначала почитаем, а потом пойдём купаться.

*   *   *

Каждый день был похож на предыдущий. Молли и Ардет спали, а затем читали. Потом дремали. Они играли совсем немного — только искупаются или выведут «Зодиак», но догребут на нём до мыса Андерсон, а там почти сразу настаивают на том, чтобы вернуться к бабушке и снова засесть за чтение. Бекка тоже любила книги, но ей хотелось заниматься чем-то ещё. И бабушка не разрешала ей плавать под парусом в одиночку.

— Они здесь всего на четыре дня! — причитала Бекка. — И два из них уже прошли! Когда же мы, наконец, начнём веселиться?

— Ты и так веселишься! — возразила бабушка. — Вчера вы вместе плавали, а позавчера они брали тебя с собой на лодке!

Но этого было недостаточно — всего несколько эпизодов веселья между бесконечным чтением или сном. Они даже дремали днём. Как младенцы!

— С ними что-то не так, — настаивала Бекка. — Это нечестно!

— Бекка, вон! — внезапно сказала бабушка. — Я больше не хочу слушать твои стоны ни минуты. Сходи за розмарином. И не забудь закрыть ворота!

Как будто она могла забыть! Эти каникулы у бабушки были даже хуже, чем когда они были вдвоём. Бекке хотелось, чтобы они скорее закончились.

Тем вечером, улёгшись спать, она посмотрела с чердака на головы Молли, Ардет и бабушки, склонившиеся над своими книгами. «Вечером самое время читать», — подумала Бекка. Или в дождливые дни. Она могла это понять. Но летние дни созданы для того, чтобы исследовать, плавать, много играть и веселиться.

У Молли и Ардет не жизнь вовсе.

* * *

Долгое время спустя Бекка проснулась. Чем-то восхитительно пахло, и, хотя была глубокая ночь, внизу горел свет. Она подползла к краю чердака.

Что её разбудило? Запах? Попкорн, масло и что-то ещё — настолько сладкое и соблазнительное, что почти прогнало сон.

Или это была Молли?

Молли повизгивала. Она так заливалась смехом, что наклонилась набок, спрятав лицо в ладони. Попискивая, она беспомощно стукнула кулаком по столу.

Они с Ардет играли в «Скрабл».

— Отдай попкорн, — прошептала Ардет. — Не будь таким животным. Ты визжишь, как свинья.

— Чем занимаетесь? — спросила Бекка. — Можно попробовать?

— Бекка!

Ардет улыбнулась и поднялась с места. Она встала под Беккой и протянула руки.

— Спускайся! — тихо сказала она. — У нас полночный пир!

Бекка спустилась по лестнице.

— Угощайся! — прошептала Ардет. — Молли, если ты не перестанешь смеяться, тебе придётся выйти на улицу! Ты разбудишь бабушку.

— Всё, я выиграла, — объявила Молли, набивая рот попкорном.

Это был не просто попкорн, а с карамелью. Словно жуёшь облака. Бекка попробовала его: ощущение, будто во рту пошёл дождь.

— Вы ещё будете играть в «Скрабл»? — спросила она. — Можно с вами?

— Мы уже закончили, — сказала Молли. — А сейчас собираемся...

Она замолчала и посмотрела на Ардет.

— Пойти купаться, — прошептала та. — Хочешь с нами?

— А как же бабушка?

— Тсс! Она не знает, — ответила Ардет.

— Это наш секрет, хе-хе! — похвасталась Молли и подмигнула.

Было ужасно темно, когда они на цыпочках подошли к пляжу, но через мгновение или глаза Бекки привыкли, или звёзды стали ярче, или, может быть, вода начала светиться. Что-то изменилось, и Бекка смогла смутно разглядеть камни у своих ног.

— Вперёд, — поторопила Ардет. Хотя бабушка не могла их услышать, Ардет всё равно говорила тихо. Казалось, будто сама бухта спит, безмолвно качая на волнах отражения звёзд.

Под ногами хрустели улитки и сухие водоросли, и Бекке показалось, что она слышит не только их собственные шаги.

— Стойте, — сказала она, потянув Молли за руку. — Кто там?

— Это всего лишь Мэрион, — объяснила Ардет.

— Мэрион идёт с нами?

Мэрион поравнялась с ними, тяжело дыша:

— Я чуть не упала на папу и маму! Они спали на террасе, а я и не знала!

Молли подавила хихиканье, но загадочным образом Бекка всё равно услышала смех — откуда-то с берега. Из-за деревьев вышла Таша, словно ждала их.

А на песке лежали Фрэнсис, подруга Ардет, и Сара, работавшая в магазине.

— Оставим одежду здесь, — предложила Молли. — Где сухо. И спустимся к воде, пока ждём остальных.

— Кого?

— Друзей по пиру, — пробормотала Ардет.

Звёздное небо менялось, пока они ждали. Звёзд стало больше, и они напоминали россыпь блестящей волшебной пыли. Большая Медведица, единственное созвездие, которое знала Бекка, затерялась в мириадах сиявших звёзд.

Некоторые из них мелькали. Бекка видела, как они подпрыгивали, сверкали ярким светом и исчезали. Два жёлтых огонька упали с неба, оставляя за собой искры, которые мерцали, а затем почти мгновенно растворялись.

— Что они делают? — спросила Бекка, но никто её не услышал и даже не заметил звёзд.

Вместо этого Ардет сказала:

— А вот и Кэти со Сью. Нам пора.

Одна за другой они бросили свои полотенца на песок.

Взяв Молли и Ардет за руки, Бекка в компании девушек забралась в тёмную воду.

Назад дороги не было, от ночного купания по коже пробежала дрожь. Силуэты Кэти, Сью, Фрэнсис, Мэрион и других сияли вокруг неё, словно бледные деревца. Единственным звуком был звук воды, потревоженной руками и ногами, воды, в которой плыли разбитые отражения звёзд.

— Они падают в воду? — спросила Бекка, разглядев в темноте искорки тысяч звёзд, по которым шла. Будто их отражения утонули или уже упавшие звёзды каким-то образом начали новую жизнь под водой.

— Что падает в воду? — уточнила Ардет.

— Звёзды. Они облепили мои ноги.

Бекка остановилась.

— Ну, ты их сейчас не увидишь, — смущённо сказала она. — Куда же они делись?

Она шла, и в море сверкали огни. За ней шлейфом, покачиваясь на воде, мерцала и переливалась россыпь бликов.

— Вау! — тихо воскликнула Ардет. — Смотрите, их тут целая куча!

— Куча чего?

— Фосфоресценция! — продолжила Ардет. — Люминесценция!

— Что?

— Светящиеся маленькие растения и морские организмы, — объяснила Ардет.

— Свечение моря, — пробормотала Молли. — Так это называется. Чудо природы.

Девушки одна за другой погружались в море, и Бекка тоже, стараясь держаться рядом с Ардет. Сара и Фрэнсис взвизгнули от холода. Остальные просто вздохнули и поплыли.

— Я никогда не видела такого сильного свечения, — прошептала Ардет.

Как будто они купались в свете. Когда Бекка подняла руку, с неё капал блеск. Она видела звёзды в мокрых волосах Ардет и даже на её зубах. Девочки вокруг неё мерцали и махали светящимися руками, словно ангельскими крыльями.

— Небесные светила! — сказала Молли. — Мы будто звёзды!

Стая рыб вспыхнула, как фейерверк, оставив мигавший, а затем исчезнувший след света, как Млечный Путь, который Бекка однажды видела в небе.

— Это тоже падающие звёзды? — спросила она. — Бывают ли в море падающие звёзды?

— Обалдеть! — воскликнула Ардет. — Нет, это... посмотрите вверх, девчонки, посмотрите вверх!

И все подняли головы и увидели то, что Бекка уже заметила, — метеоритный дождь, вспыхнувший в августовской ночи.

* * *

Следующим утром Бекка встала позже обычного, но всё равно раньше Молли и Ардет.

— Боже мой, — проворчала бабушка. — Понятия не имею, откуда взялось столько грязных чашек с какао. Кто-то перепачкал всю мою коллекцию кружек! И эти мокрые полотенца, и ни одного купальника! Интересно, как так получилось.

Но Бекка заметила, что бабушка улыбается.

И тут зазвонил телефон.

— Бекка! — воскликнул папа. — Милая Бекка. У тебя родилась сестра!

9. Мамы и малыши

~~~~~~

«Сестра!» — подумала Бекка. Каково это? Молли и Ардет есть друг у друга, но они близняшки, и это нечто особенное. Алисия и Люси разного возраста, но ещё достаточно близки, чтобы вместе отправиться на поиски приключений. Они дружат, даже если иногда ссорятся. Но Бекка думала, что младшая сестра, новорождённая, — это совсем не то. Не как друг — скорее, как питомец.

И хотя Молли и Ардет изо всех сил пытались описать ей свои сестринские взаимоотношения, Бекка чувствовала, что всё равно не понимает.

— Иногда это ужасно, а иногда просто здорово, — сказала Молли.

— Даже не знаю, — добавила Ардет. — Я так привыкла к сестре, что не могу объяснить. Но лучше бы Молли не портила мою одежду.

— Я не порчу твою одежду! — запротестовала Молли. — Те шорты уже были порваны. И я не виновата, что Фрэнсис пролила на них какао!

— Ну конечно, — ответила Ардет. — В любом случае, Бекка, мне очень жаль, но нам пора возвращаться на работу. Было бы гораздо лучше остаться здесь и познакомиться с новой кузиной, чем пытаться помешать кучке восьмилетних детей утопить друг друга в лагере «Райская гора».

— Или, как мы любим его называть, — добавила Молли, — «Гора хе...»

— Прости, что были такими увальнями, — быстро сказала Ардет и крепко обняла Бекку. — Но ночное плавание вышло чудесным.

Они с Молли пошли к Кей, которая должна была подвезти их на утренний паром. Бекка и бабушка остались на палубе в купальниках, готовые к утреннему заплыву.

— Люди всегда уходят, — сказала Бекка.

— И приходят, — напомнила ей бабушка.

Она увела Бекку в море.

— Потренируйся плавать кролем, — предложила бабушка. — Тебе стоит чаще погружать лицо в воду.

Волны достигли Бекки.

— Когда они приедут? — спросила Бекка. Море утаскивало песок из-под ног.

— Не раньше обеда, — ответила бабушка.

Сегодня приезжали мама и папа. И её новорождённая сестра. Она не могла дождаться.

— Давай! — бабушка зашагала в воду.

— Сегодня волны! — сказала Бекка. Вода била её по ногам, а морская пена подталкивала.

— Ну ничего, — сказала бабушка, покачиваясь рядом. — Чем глубже, тем лучше.

Бабушка была права. Бекка плыла по набегающим волнам с высоко поднятой головой, пока её тоже не начало качать вверх и вниз.

— Ты тоже не погружаешь лицо, — заметила Бекка.

Бабушка рассмеялась.

— Берегись, иначе море сделает это за тебя, — сказала она.

И в этот момент Бекку накрыла мощная волна и, шумя, двинулась к берегу.

— Щекотно, — пожаловалась Бекка.

— Осторожно! — воскликнула бабушка, но прежде чем Бекка успела оглянуться, её окатила следующая волна, а потом ещё одна.

Внутри волны всё было зелёным, а пузыри сверкали на солнце. Перед следующей волной Бекка глубоко вдохнула и опустила лицо в самую щекотливую часть — туда, где закручивался гребень, двигаясь ей навстречу. Затем она развернулась и помчалась к берегу, подталкиваемая морем.

Она не слышала бабушку, пока снова не оказалась на песке.

— Кто это плывёт за тобой? — спросила бабушка высоким от удивления голосом.

Прямо у ног Бекки перебирало ластами серебряное существо. Оно подплыло к Бекке, и та отпрыгнула. Оно развернулось и уплыло на мелководье. Существо раскачивалось на морских волнах, почти затерявшись среди красочных ракушек, морских водорослей, воды и камней.

— Это тюлень! Детёныш...

Щенок тюленя поднял морду. Он смотрел на Бекку тёмными-тёмными глазами, поблёскивая усиками.

— О, какой милый, — выдохнула она.

— Не трогай его! — предупредила её бабушка.

Бекка знала: если прикоснуться к детёнышу тюленя, мать к нему не вернётся. Прошлым летом туристы, не знавшие о мамах-тюленях, накормили детёныша и потрогали его, а потом мать его бросила. Кто-то должен был прийти и забрать его.

Бекка сделала шаг назад.

Детёныш устал. Волны всё накатывали и накатывали, не давая ему отдохнуть. В конце концов он вылез из воды, лёг на берег и посмотрел на Бекку.

— Видишь, что бывает, когда плаваешь под водой, — серьёзно сказала бабушка. — Тюлени думают, что ты одна из них.

Бекка посмотрела на детёныша тюленя и на людей с собаками, которые где-то вдалеке бродили по пляжу.

— Мне придётся побыть няней, — заявила она.

— Что? — переспросила бабушка.

— Вдруг люди не знают и попытаются его потрогать? Тогда мама не примет детёныша обратно. Придётся присмотреть за ним.

Она села на каменную глыбу. Щенок тюленя пополз к ней, и она подняла ноги.

— Принесёшь мне завтрак? — попросила она.

Бабушка принесла мюсли и чернику, а тюленёнок заснул.

*   *   *

— Мама не разрешила бы мне сидеть здесь без шляпы, — сказала Бекка бабушке, когда та вернулась с завтраком.

— Тебе нужна не только шляпа, — отозвалась бабушка.

Она вернулась с головным убором и зонтом со сломанной спицей.

— А ты? — спросила Бекка, сидя в тени и крутя зонтик.

— Я не могу остаться, — сообщила бабушка. — У меня сегодня много дел: нужно подготовиться к следующим гостям и убраться после уехавших. Ты справишься?

— Конечно!

Бекка наблюдала. Солнце было в зените, прилив ослаб, а тюленёнок спал. Бекка разглядывала его серебряную кожу, испещрённую точками, похожими на тени. Она видела кремовый мех на животе — почти жёлтый — и хвост, свисающий над задними ластами. Он был похож на собаку.

Но вот он проснулся, мяукнул, как кошка, и посмотрел на Бекку.

Бекка не знала, что делать. Она не говорила на тюленьем языке, но ей казалось, что она понимает его. Малыш скучал по своей маме.

— Твоя мама просто ловит рыбу, — заверила Бекка. — Она вернётся!

Тюленёнок снова мяукнул.

— Не плачь, — умоляла Бекка.

Детёныш приподнялся на ластах и скользнул к ней.

— Не подходи слишком близко, — предупредила она и подняла ноги. — Может, немного искупаешься?

Ветер и волны утихли. Даже под зонтиком Бекке было жарко.

— Здесь совсем не безопасно! — отчаянно воскликнула она. — Передай маме, чтобы в следующий раз она оставляла тебя там, где не так много людей.

В их сторону по пляжу шли люди с парой собак, и она не знала, что им сказать.

— О, смотри! Детёныш тюленя!

— Не трогайте его! — обратилась Бекка. — Его нельзя трогать.

— Ого, только взгляни, мам!

Дети бросились к тюленю, а он медленно пополз навстречу.

— Не позволяйте ему прикасаться к вам, — сказала Бекка. — Если тронуть, мама его бросит.

Она спрыгнула с камня. Она не знала, что делать с этим дружелюбным тюленёнком. Похоже, он думал, что все вокруг — его мамы.

— Мы не будем. Мы знаем. — Женщина натянула поводок, придерживая собак. — Идёмте, дети.

— Но он такой милый!

— Говорят, нужно звонить в Отдел рыбоохраны, если он пробудет здесь дольше суток, — поделилась женщина с Беккой.

Двадцать четыре часа! Это же целый день, да ещё и ночь. Бекка в отчаянии посмотрела на домик, но бабушки нигде не было видно.

— Идёмте, дети.

Все трое наконец ускакали дальше по пляжу. Бекка с завистью глядела им вслед. Они могли уйти, а она застряла здесь, ответственная за этого малыша.

Тюлень поднял свои огромные загадочные глаза и беспомощно посмотрел на неё.

* * *

— Как дела? — поинтересовалась бабушка. — Что принести тебе на обед?

— Обед? — переспросила Бекка. Казалось, уже пора ужинать. За это время она успела защитить детёныша тюленя от восьми людей и трёх собак. — Когда же вернётся его мама?

— Без понятия! Знаешь, ты не обязана сторожить его, — сказала бабушка. — Ты могла бы позволить ему рискнуть, как это и происходит в дикой природе.

Бекка задумалась. Тюлень снова мяукнул и прикрыл глаза.

— Нет. Я останусь. Когда приедут мама с папой?

— Ещё не скоро. У тебя полно времени.

Бекке не нужно было время. Она хотела, чтобы появилась мама — тюленья и её собственная.

— Я как-то читала рассказ, — начала Бекка, — про тюленя, который выплыл на берег, сбросил с себя шкуру и превратился в женщину. Но она не смогла превратиться обратно в тюленя, потому что какой-то мужчина украл её кожу. Её называли шелки. — Она взглянула на детёныша. — Может, тут всё наоборот.

— О чём ты? — спросила бабушка.

— Ну, может быть, это девушка, которая превратилась в тюленя, но кто-то украл её девичью кожу, поэтому ей приходится оставаться тюленем. И вот она здесь, на этом пляже, надеется, что семья узнает её.

*   *   *

— Посмотрим, — сказала Бекка, разговаривая с тюленем. После того как бабушка ушла в дом, говорить было больше не с кем. — Бабушка говорит, что тюленей называют ластоногими, потому что у них ноги-ласты.

Тюлень взглянул на неё и ударил лапой по камню.

— Я буду звать тебя Пинни, — продолжила Бекка. — Очень жаль, что ты никак не найдёшь свою девичью кожу. Если бы она вернулась к тебе, мы бы вместе искупались. Мы могли бы переплыть бухту и доказать, какие мы сильные. Или даже устроить заплыв ночью! Или, если бы ветер был посильнее, мы бы вытащили «Бургомистра» и отправились на остров Камас вдвоём. Как думаешь?

Тюленёнок приподнялся на передних ластах. Его широкие тёмные глаза, казалось, пытались что-то сказать Бекке, но она не понимала, что именно.

— Всё в порядке, Пинни, — успокаивала Бекка. — Наши мамы скоро приплывут.

*   *   *

Даже поздним вечером было так жарко, что соседи пришли купаться. Мистер и миссис Кесвик, бабушка, Шела из дома напротив, Кей и Билл, живущие по соседству, расстелили полотенца. Они все восхищались Беккой с её чёрным зонтиком и Пинни, а затем ушли плавать. Бекка оставалась на берегу, пока они купались и болтали.

Выйдя из воды, Шела предложила присмотреть за тюленем.

— Правда? — спросила Бекка.

— Правда! Иди, тебе нужно освежиться.

Шела села рядом с Пинни и разговаривала с ней мягким смешным голосом.

Бекка погрузилась в зелёное море с открытыми глазами, лицом вниз. Она должна была оставаться там, где касалась дна, но всё равно могла нырять и исследовать подводный мир. Она плыла вдоль берега, глядя под собой. Там, на песчаном дне, играли солнечные лучи, словно отметины на тюленьей шкуре.

Наконец она высунула голову из воды и тут же увидела её — круглую голову взрослого тюленя, похожую на швартовочный буй в безветренный день. Тюлень повернулся к ней мордой, нырнул и исчез.

— Подожди! — воскликнула Бекка. Она взглянула на детёныша, наполовину погрузившегося в воду, и на Шелу, которая стояла поблизости и разговаривала с Кей и миссис Кесвик.

Мама-тюлениха снова показалась на поверхности, на этот раз ближе к берегу. Она молча крутила тёмной головой из стороны в сторону.

Бекка задержала дыхание. Кто скажет Пинни про маму? Почему именно в этот момент она решила пойти купаться?

Но детёныш тюленя уже знал. В один миг Бекка увидела ритмично плывущее сильное серебристое тельце. Мелькнула тень, и тюлени исчезли.

— Прощай, Пинни! — крикнула Бекка, и в тот же момент её осенило...

— Они здесь! — громко сообщила она бабушке, с брызгами выбегая из воды и поднимаясь по пляжу, мокрая, плачущая и смеющаяся одновременно, спотыкающаяся о камни и коряги.

Сквозь деревья к пляжу шли её родители, держа что-то в руках. Тепло мамы, мокрая и солёная от слёз и моря Бекка, прижавшаяся к ней, смех бабушки, яркая улыбка папы и ещё кое-кто — её собственная, её единственная сестра, глядевшая на Бекку тёмными глазами.

— Как мы назовём её? — спросила мама.

— Пинни, — откликнулась Бекка.

10. Лучший сад

~~~~~~

Пинни была тёплым сонным комочком, издававшим разные звуки. Пучками росший пушок на её голове был такого же цвета, как и тёмные пятнышки тюленёнка.

— Жаль, что я не застала детёныша тюленя. Я была бы очень рада его увидеть, — сказала мама на следующее утро, когда они с Беккой укладывали малышку Пин спать.

— Теперь, когда Пин, мама и папа здесь, ты очень помогла бы, если бы взяла на себя полив сада, — обратилась к Бекке бабушка. — Я покажу тебе, как это делается, и ты сможешь поливать сама.

— Я уже знаю, как надо, — сказала Бекка. — Я наблюдала за тобой и Кей.

— Некоторые соседи не любят пускать в сад детей без взрослых, поэтому нужно убедиться, что ты знаешь, что делаешь, чтобы не нервировать их, — возразила бабушка. — Они беспокоятся о своих овощах. И о фруктах, и о цветах тоже.

Бекка знала. Прошлым летом миссис Хьюз полчаса кричала на неё за то, что она всего-то сорвала одну из бабушкиных ромашек. Миссис Хьюз не узнала Бекку и решила, что она одна из тех диких, зловредных детей с другой стороны бухты. Бекку заинтересовали дикие дети, но когда она спросила о них, миссис Хьюз покраснела и рванула прочь, размахивая мотыгой с такой яростью, что снесла головы всем георгинам семейства Росс.

Бекка надеялась, что не встретит миссис Хьюз сегодня в саду.

Этим утром на участках Хенджей, Хьюзов, Россов, Кесвиков и Тонино Бекка увидела бурно цветущие маки и дельфиниумы, лилии и рудбекии, пижму, георгины, эрингиумы, монарды и штокрозы. Она заметила большие помидоры, высокую вьющуюся фасоль и широкую кустовую фасоль. Упорная кампания соседей против чертополоха, лютиков, слизней, чёрной пятнистости, засухи и ржавчины увенчалась успехом.

Бекка с тоской посмотрела на фасоль Россов. Та так высоко забралась по шестам, что даже доктор Росс не смог бы дотянуться. Живые изгороди из гороховых лоз вились вверх, будто устремившись прямо в небо, как бобовый стебель Джека. Морковь вздулась над землёй, просто умоляя, чтобы её вытащили и съели.

Бекке, конечно, нельзя было ничего вытаскивать. Ей разрешалось есть только с бабушкиного участка, то есть разве что кусочек розмарина, но точно не морковь, потому что её не было.

— Я пытаюсь, но морковь у меня не растёт, — оправдывалась бабушка. — Из-за червей и морковной мухи. Ну и пусть. Нельзя вырастить всё.

У Россов были и цветы: море красных георгинов с заострёнными лепестками, похожих на морских ежей, — их выращивали для летней ярмарки. А на участке Хьюз росла малина. Кусты были усыпаны ягодами размером с большой палец Бекки.

— Они не заметят, если мы возьмём по одной, — пробормотала бабушка. — Никто не смотрит.

— Восхитительно, — сказала она, выковыривая семена из зубов. — Но тебе нельзя ничего брать без меня. Только если сами предложат. И всегда, всегда закрывай ворота, чтобы олени не попали внутрь.

— Я знаю.

Фрэнк шёл впереди, прокладывая путь. Он понюхал корни душистого горошка Кей. Бекка уткнулась лицом в цветы и вдохнула их сладость.

— Почему у нас не растут такие же? — пробурчала она, не поднимая головы.

Она знала ответ. Морские водоросли — вот почему сад Кей был таким потрясающим. Пухлая сладкая морковь и свёкла, салат больше, чем голова Бекки, и все вьющиеся растения на отдельных аккуратных участках. Помидоры подвязаны к колышкам, словно молодые деревья, а на них каскадом свисают зрелые плоды.

— У нас тоже прекрасный сад, — возразила бабушка. — Я никогда не пробовала розмарин вкуснее!

— Сад Кей такой красивый благодаря мульче из морских водорослей, — продолжила Бекка.

— Я не верю во все эти водоросли, — резко сказала бабушка. — Слишком много соли! Это вредно.

— Но...

Бекка стояла и смотрела на участок бабушки, гадая, что ответить.

— Сад лучше, чем в прошлом году, — вымолвила она наконец. — Некоторые растения до сих пор живы.

— С каждым днём ты всё больше похожа на свою тётю Фифи, — ответила бабушка. — И это не комплимент. Что не так с настурциями? Они симпатичные, разве нет?

Листья настурции размером с тарелку вздымались над тонкими помидорами, будто зелёное волнистое море. Может, из-за них томаты и не выросли.

— Как думаешь, помидоры когда-нибудь созреют? — спросила Бекка, но бабушка в десятый раз за лето указала на восемь разных сортов лаванды.

— Лаванда устойчива к засухе, — хвасталась она.

Бекка не знала, что скажет её отец-садовод после всего вложенного им труда. И её тоже, и Алисии с Люси. Единственный и, возможно, самый маленький в мире помидор, ноль гороха, коричневая крючковатая фасоль. Тонкая, как иголка, морковь. Здоровенный чертополох и гигантские одуванчики с острыми листьями. Еле-еле вылезшая из твёрдой земли свёкла. От одного взгляда на урожай хотелось плакать.

— Я не люблю свёклу, — заявила бабушка. — Но мы продолжим поливать и будем надеяться, что она вырастет. А зелень вкусная сама по себе.

«Зелень свёклы? — подумала Бекка. — Скорее, желтизна».

— Розмарин и правда хорош, — сказала она, пытаясь сделать комплимент и не солгать.

Бабушка просияла.

— Крупный, правда? И гляди! — она указала на вьющиеся бобы. — Фасоль «пурпурная леди» и «алый император».

— Отличные названия, — ответила Бекка. Она заглянула под листья, но не увидела ни одного боба.

— Они ещё растут, — быстро объяснила бабушка и полила корни.

Сад Кей был хорошим кандидатом на звание «Лучшего сада летней ярмарки», а вот бабушкин не мог соревноваться ни в одной из обычных категорий: фрукты, цветы или овощи.

— Однажды я победила в категории «Крупнейший слизень», — сказала бабушка. — Ну, как думаешь, хватит инструкций, чтобы взять на себя полив?

Бабушка рассказала Бекке о растениях, объяснила, как наполнить бочку водой, подключив шланг к колодцу, и перечислила, что может «нервировать соседей». Бекке не разрешалось приближаться к участкам Тонино или Кесвиков или даже дышать на участки Хьюзов. Только Кей была бы не против, если бы Бекка время от времени заходила нюхать душистый горошек.

— Я справлюсь, — сказала Бекка и окунула лейку в бочку.

Бабушка ушла.

— Не забудь забрать Фрэнка, — сказала она напоследок. — По-моему, он охотится на змей в саду у Кесвиков.

Бекка полила помидоры. Из наблюдений за папой она знала, что им нужно много воды. Затем перешла к фасоли и попыталась проредить хилую червивую морковь, напоив и её.

Полив все растения, она нашла садовые ножницы и срезала поникшие бабушкины маргаритки, наслаждаясь щёлканьем ножниц и тем, как сухие цветы падают на землю. Она всегда хотела поработать ножницами, но ей не разрешали. Теперь, будучи главным садовником, она могла делать всё, что ей заблагорассудится. А значит, что бы бабушка ни говорила, она положит тут и там немного водорослей.

Закончив с работой, она принялась искать Фрэнка. И даже заглянула на запрещённые участки, но кота нигде не нашла.

Она убрала ножницы и убедилась, что бочка с водой накрыта крышкой. Собрала вырванные сорняки, мёртвые маргаритки и прореженную морковь и взяла их с собой. Открыв ворота и услышав, как они захлопнулись за спиной, она бросила сорняки в компостную кучу. Вот и всё. Завтра она поработает ещё.

Вернувшись домой, Бекка обнаружила Фрэнка на его любимом месте у печки. Видимо, всё-таки вернулся домой с бабушкой.

* * *

Утром Бекка пошла одолжить тачку у Кей.

— Я не хочу брать бабушкину, — сообщила она. — Чтобы не пришлось потом объясняться.

— Я не скажу ни слова, — пообещала Кей. — На пляже недалеко от дома Мака есть хорошие водоросли. Предлагаю начать оттуда.

Это заняло не так много времени, как думала Бекка, и Мак помог ей вытащить тачку с пляжа и добраться до дороги.

— Тебе не помешал бы помощник, — сказал он. — Правда, я не знаю ни одного ребёнка твоего возраста, который бы так увлекался садоводством.

— Неважно, — сказала Бекка. — Здесь вообще нет детей моего возраста, занимаются они садоводством или нет. В любом случае дело не в садоводстве, а в растениях. Они заслуживают шанса, разве нет?

— Думаю, да, — задумчиво сказал Мак.

Бекка повернулась и, заливаясь потом, принялась толкать тачку до сада.

* * *

— Заходил мистер Кесвик, — сообщила чуть позже бабушка. — Он принёс букет душистого горошка для Пин и твоей мамы и сказал, что кто-то грызёт его салат. Ты что-нибудь видела, когда была там? Ещё он рассказал, что кто-то тащил тачку и, наверное, какое-то время ворота были открыты.

Бекка замерла с недоеденным бутербродом с помидорами.

— Нет. Нет, я не видела оленей. Только слизней.

— Ты раздавила их?

— Нет.

Однажды ей пришлось это сделать, но смотреть, как вылезают кишки, было противно. Выглядело, словно кто-то очень-очень сильно простудился. Кроме того, она считала, что убивать слизней ужасно, пусть они и вредят саду.

— И вообще, почему они тоже не могут поесть? — спросила она. — Это несправедливо.

* * *

Моркови понравилось, что Бекка прореживает и поливает её. Некоторые корнеплоды даже начали расти. И жёлтая ботва свёклы вдруг позеленела. Комья водорослей, которые Бекка положила вокруг растений, по крайней мере, удерживали влагу в земле.

— Видишь? Я последовала твоему совету, — сказала Бекка Кей. — Но не говори бабушке — она против.

— Стало намного лучше, — ответила Кей, возвращаясь домой после сбора помидоров. — Вот, возьми томат.

Бекка продолжила полив растений. Выйдя из сада, она услышала, как ворота громко захлопнулись, и вывалила сорняки в компостную кучу. Затем она отправилась за очередной партией водорослей.

* * *

Вечером бабушка пришла к ней явно обеспокоенная.

— Миссис Тонино говорит, кто-то объел её фасоль, — сообщила она. — Остались лишь торчащие стебли. Её призовая фасоль! Бекка, ты уверена, что не забыла закрыть ворота?

— Я закрывала их, — ответила Бекка. — Я услышала стук и проверила, что они захлопнулись.

— Ты что-нибудь видела? — спросила бабушка.

— Нет.

На миг бабушкино лицо дрогнуло.

— Ты уверена?

— Я уверена! Почему ты продолжаешь спрашивать? Я уверена! Уверена! Уверена, что закрыла ворота!

— Они захлопнулись? Ты проверяла?

Бекка не знала, что ответить. Зачем тогда бабушка просила её ухаживать за садом, если даже не верит, что Бекка способна закрыть ворота?

— Просто... — начала бабушка.

Бекке пришлось выйти на улицу. Она спустилась на пляж и пнула корягу. Она сошла с ума? Но ведь она совершенно ясно помнила, что закрывала ворота.

$$* \quad * \quad *$$

После этого она стала ещё более осторожной. Но в следующие несколько дней миссис Тонино потеряла половину редиски, а мистер Хьюз негодовал по поводу того, что его космею сгрызли вместе с брокколи. Но у той, подумала Бекка, с самого начала дела шли не очень, так как росли только листья и стебли, а не соцветия. И вообще, кому хочется растить то, что по вкусу похоже на... Бекка даже не хотела думать, на что это похоже. Но даже рагу из устриц было вкуснее.

— Я против того, чтобы дети работали в саду, — проворчал мистер Хьюз в адрес Бекки, увидев, что та занимается участком бабушки. Она как раз разгружала четвёртую партию водорослей. — По-моему, их вообще здесь не должно быть.

— Бекка так же аккуратна, как и ты, — возразила Кей, ухаживая за своими лилиями. — Может, это опоссум. Или редкое агрессивное заболевание.

— Пфф, — фыркнул мистер Хьюз. — Опоссумы не едят брокколи. На ней остались следы зубов разгулявшегося оленя. И это могло случиться лишь потому, что кто-то не закрыл ворота!

Он уставился на Бекку.

Бекка поджала губы и ушла искать Фрэнка. Вдруг это он поедает овощи, что, конечно, маловероятно. Бекка как-то раз предложила ему шпинат, он повернулся и тоскливо взглянул на неё.

Она не нашла его в саду. Снова.

— Вы не видели Фрэнка? — спросила она Кей. — Он пришёл со мной и исчез.

— Наверное, кусает мистера Хьюза за пятки, — сочувственно ответила Кей. — Не слушай его, Бекка. Ты большая молодец. И сад ожил с тех пор, как ты взялась за него. Чертополоха больше нет, и вполне возможно, у твоей бабушки появится морковь толще вязальной спицы. Вот эти розы растут для тебя и Пин.

*   *   *

Но на следующий день весь розовый куст Кей был объеден. Не осталось ни бутона.

— Не понимаю, почему все обвиняют меня, — сказала Бекка после того, как бабушка повесила трубку.

Мама отдала Пин Бекке на руки, и Пин прижалась к ней, безразличная к сжёванным бутонам роз или фасоли, обглоданной до стеблей.

— Мы знаем, что ты всё делаешь аккуратно, — отозвалась мама. — Но, может быть, нам с папой стоит взять на себя полив на пару дней. Знаешь, иногда случаются ошибки.

— Ошибки не случаются, — возразила Бекка. — Их совершают люди.

— Верно, — поддержала бабушка.

Бекка посмотрела на неё. «Начинается», — подумала она и перевела взгляд на Пин. Лицо крепко спящей малышки было похоже на бутон. Казалось, она и подумать не могла, чтобы обвинить свою сестру в том, чего та никогда бы не сделала.

— Бекка... — позвала мама.

— Хилари, — скомандовала бабушка.

— Она ведь ещё ребёнок, — возразила мама. — Соседям стоило бы прекратить обвинять её. И тебе.

— Хилари, — строго повторила бабушка. — Разве ты не знаешь собственную дочь?

Секунду назад она казалась угрожающей. Теперь она фактически заступалась за Бекку! Что же бабушка скажет, когда узнает о водорослях?

— Мне нужно выйти, — выпалила Бекка, пихнув Пин обратно маме так неожиданно, что сестрёнка удивлённо пискнула. — У меня дела.

*   *   *

Она стояла в тихом местечке под ветвями кедра. Спустя некоторое время пришёл Фрэнк.

— Что тебе известно? — спросила она, когда кот принялся мурлыкать и тереться о её ноги. Приятно, что кто-то на её стороне. — Что ты знаешь о саде? О чём не в курсе другие? Этот сварливый, крикливый старый мистер Хьюз со своей ужасной брокколи? Или Кей? Или Кесвики, или Тонино, или даже бабушка?

Она села, укрытая от посторонних глаз ветвями, и задумалась.

Она вспомнила, как Фрэнк вёл её через салал к дубам. Что ж, она просто снова последует за ним.

— Веди меня, — пробормотала она, уткнувшись в его шерсть. Он весь дрожал.

*   *   *

Фрэнк шёл впереди, как будто это было обычным делом. Кот дождался, пока она откроет калитку, остановится и вдохнёт успокаивающий запах бабушкиных яблок сорта «гравенштейн», болеющих паршой.

Он сидел рядом с ней, пока Бекка окунала лейку в бочку, и наблюдал, как она начала поливать бабушкиных «пурпурных леди» и «алых императоров» без бобов на стеблях.

Но через секунду кот исчез.

Бекка поставила лейку. Огляделась. И заметила хвост Фрэнка, медленно качающийся в кустах фиолетовой фасоли мистера Кесвика — по крайней мере, том, что осталось от неё. Теперь кусты выглядели так, будто проиграли битву. Они лежали в грязи, истерзанные и поломанные.

— Я вижу тебя, — прошептала она Фрэнку. Возможно, это *он* поедал сад.

Она подкралась поближе, осторожно ступая по дорожке между наполовину выдранным из земли редисом миссис Тонино и пока живыми листьями салата.

Хвост Фрэнка снова дёрнулся и исчез. В этот раз Бекка заметила его уши, торчащие в горошке Хенджей. Но когда она добралась туда, кота уже не было. Как и гороха Хенджей — вместе с лозой и листьями.

— О, Фрэнк! Что ты натворил?

Но, сказав это, она снова отыскала его взглядом. Кошачий хвост чёрной кистью маячил среди эрингиумов Кесвиков.

А теперь он обнюхивал недоеденную брокколи мистера Хьюза прямо у забора.

Несколько бесшумных шагов, и Бекка настигла его. Если она обойдёт помидоры, растущие возле забора, то сможет поймать Фрэнка.

Кто бы мог подумать? Кот, поедающий фрукты и овощи! Он даже ел брокколи!

Она пролезла сквозь опоры подвязанных помидоров. Рядом с плечами Бекки свисали сломанные цветы, а свежие раны поломанных ветвей бледнели среди зелени.

Как Фрэнку это удалось?

Он был впереди, всматривался в заросли. Она схватит кота, если будет действовать тихо и быстро. Задняя часть его туловища была приподнята, взгляд устремлён в одну точку, а хвост качался туда-сюда, как это обычно бывало, когда он подкрадывался.

Он *действительно* подкрадывался. Прежде чем Бекка вышла из зарослей помидоров, кое-что случилось.

Появилась голова.

И вовсе не кошачья.

Это был олень! Взрослый, с красивыми ветвистыми рогами и изящной вытянутой мордой.

Красивый, изящный мародёр.

Бекка замерла на месте, а олень пробрался сквозь щель в заборе, легко отодвинув проволоку от столба. Под наблюдением Бекки с одной стороны и Фрэнка — с другой он выпрямился, высоко поднял рогатую голову, пошевелил ушами и отправился обедать помидорами мистера Хьюза.

* * *

После того как забор отремонтировали, все соседи зашли поблагодарить Бекку. Кое-кто даже извинился.

Мистер Хьюз в знак благодарности подарил Бекке большую связку свёклы.

— Я хотел принести брокколи, но она съедена дочиста, — сказал он, а Бекка взглянула на бабушку.

— Жертва оленьего шведского стола! — весело откликнулась та, зная, как внучка относится к брокколи.

— Я верила, что это не твоя вина, правда, — сообщила Кей, вручив Бекке букет душистого горошка. — Но на мгновение и я усомнилась, извини. Видя, как ты ухаживаешь за бабушкиным садом, я должна была догадаться, что ты никогда не оставишь ворота открытыми.

— Нашим садом, — улыбнулась бабушка.

— Лучшим садом, — добавила Кей. — По итогам конкурса! Что скажешь, Изобель? Это исторический момент. Не имея ничего, что заинтересовало бы оленя, ты победила. А всё благодаря Бекке. И водорослям!

— Водорослям! — воскликнула бабушка. — Каким водорослям?

11. Дымоход

~~~~~~~~~~~~~~~~~~~~~~~~~~~~~~~~~~~~~~~

Садовое дело было давно раскрыто, но соседи продолжали нести Бекке овощи и цветы. Возвращаясь домой с очередной корзиной, доверху наполненной цукини, морковью и георгинами, она остановилась на подъездной дорожке к дому бабушки, чтобы дать рукам отдохнуть.

Внезапно, шелестя и хрустя камнями, подъехала тётя Фифи на своей спортивной машине.

— Я вернулась! — объявила она, выпрыгивая, чтобы обнять Бекку. — Для грандиозного торжества. Как дела? Как Мак? Что за чудесный урожай? Уж точно не мамин!

Бекка рассказала ей всё, не только о разгулявшихся оленях и конфликте из-за морских водорослей, но и о ситуации с брокколи мистера Хьюза. Она каким-то чудом возродилась после того, как починили забор.

— Он постоянно приносит её мне, — пожаловалась Бекка. — А бабушка готовит, а мама всё время твердит, что я должна её съесть, а пахнет... ну, ты знаешь! Ненавижу брокколи!

— Хм, — сказала тётя Фифи, внимательно глядя на неё.

— Вокруг слишком много взрослых, — добавила Бекка. — А сейчас их станет ещё больше. Вместе с кузинами, которые только и делают, что ворчат и читают.

Всё семейство собиралось, чтобы поздравить Пин с появлением на свет.

— Поверь, со взрослыми и кузинами всё могло быть гораздо хуже! — утешала её тётя Фифи, пока они шли к домику.

— Отряд тёти Фифи, — мрачно сказала бабушка. — Не знаю, на сколько нам хватит воды, когда все приедут. А остров сухой, как хворост. В любой момент всё может вспыхнуть, словно спичка.

Водоросли в саду и необходимость подготовить дом для стольких гостей сразу повергли бабушку в уныние.

Фифи крепко обняла её.

— Не волнуйся, мама! Всё будет хорошо. Только посмотри на Бекку! Она так изменилась с нашей последней встречи — точь-в-точь моя сестра! А вот и Хилари! — воскликнула она, бросая рюкзак. — И малышка Пин!

Когда тётя Фифи взяла в руки свёрток по имени Пин, впервые увидев её, на мгновение выражение её лица стало нежным и удивлённым.

— Это правда, что ты выпросила её у моря? — спросила она Бекку.

— Не совсем, — ответила Бекка, — но тюленёнок и Пин появились в один день. И я позаботилась о них обоих.

— Как это по-шекспировски, — вздохнула тётя Фифи, — когда сестру и брата волной выносит на берег фантастической страны. Напоминает мне...

— Ты виделась с Мерлином? — прошептала Бекка.

— Вовсе *нет*, — ответила так же тихо тётя Фифи. — И вообще, он самый настоящий...

— Кто? — спросила Бекка.

— Самый настоящий... водопроводчик. И это хорошо! — быстро добавила она. — Но он живёт на острове. А...

— А ты — нет, — продолжила Бекка. — О, как жаль. Но почему бы тебе...

Но тётя Фифи набросилась на других с приветствиями.

— Как вы, Хилл? — спросила она маму и папу, и оба одновременно ответили:

— Устали!

— Что ж, мы с Беккой подменим вас, — пообещала тётя Фифи. Её загорелые руки обняли Бекку и Пин.

С приездом тёти Фифи все оживились. Бекка взглянула на бабушку и заметила, что та улыбается, несмотря на все её мрачные разговоры о воде и риске пожара.

*　*　*

— Фифи наверняка захочет вовлечь тебя во что-то опасное, — предупредила бабушка Бекку на следующее утро. — Ей может прийти в голову приготовить ещё одну партию джема.

— Ничего опаснее плавания! — сказала тётя Фифи, зевнув и взяв кружку чая. — Это ты сделала, Бекка? Идеальный утренний чай.

— Настолько густой, что ложка стоит, — согласилась бабушка, кашлянув.

— Мне нравится такой чай, — отозвалась Бекка. — А ещё мне нравится, как сахар лепёшкой ложится на дно кружки. Я завариваю такой для мамы, когда она рано встаёт из-за Пин. Пин всегда просыпается гораздо раньше нас.

— Ладно, пойду ещё посплю, — заявила бабушка. — Здорово составить компанию Хилари и Пин ранним утром, но меня клонит в сон. Бекка, ты герой: заботишься о маме по утрам. Фифи, последи за огнём и убедись, что он совсем слабый, прежде чем отправишься с Беккой плавать.

Бабушка ушла в спальню, а Бекка и тётя Фифи сидели и пили чай, пока небо светлело.

— Ты готова, Бекка? — спросила тётя Фифи.

Бекка поджала под себя ноги, усевшись на холодные пальцы. Солнце ещё даже не взошло. Она не горела желанием немедленно погрузиться в море, но купаться до восхода солнца могло быть так же интересно, как ночью.

— Я подброшу дров в печку, чтобы мы могли согреться, как вернёмся, — сказала тётя Фифи, вскакивая и направляясь к дровяному ящику.

— Вроде бабушка сказала, чтобы огонь оставался слабым, — возразила Бекка.

— Ну, мне кажется, что иногда она слишком осторожничает, — проворчала тётя Фифи, подкидывая дрова. — О, отлично. Хороший смолистый чурбан с кусочком ольхи. На таком огне можно будет испечь хлеб.

— Но мы же не собираемся печь хлеб, — удивилась Бекка.

— А вдруг передумаем, — ответила тётя Фифи. — Поторопись! Или мы пропустим восход солнца.

* * *

На пляже не было ни души.

— Песок холодный, — поделилась Бекка.

— Ага! Солнце ещё не нагрело, — ответила тётя Фифи.

— Взгляни на воду! Она серая! Цвета гвоздей.

— Или олова, — добавила тётя Фифи.

Но она вошла в резвые неприветливые волны, как будто стоял солнечный день.

— Ну же, дорогая Бек, — позвала она и бросилась в воду.

— Иду, — пробормотала Бекка.

Она медленно шла вперёд, и волны плескались о её голени. Когда вода достигла колен, ей пришлось остановиться, и через некоторое время она наконец зашла по талию.

— Когда вернёмся, в доме будет тепло, — крикнула тётя Фифи, проплывая мимо. — Ничего страшного, если сейчас немного прохладно.

Бекка оглянулась на дым, выходящий из трубы бабушкиного дома, и нырнула в серое море.

* * *

Когда она выплыла на поверхность, солнце огненным пятном горело над кромкой гор.

— Смотри! — крикнула она. Тётя Фифи остановилась, и они вместе наблюдали за тем, как золотой солнечный свет льётся из расширяющегося круга. Море стало жёлто-розовым, а через мгновение — голубым и залитым светом. Наступил новый день.

— Какое великолепие! — воскликнула тётя Фифи.

А Бекка подбросила в воздух пригоршню воды и любовалась, как та падает обратно в море, сверкая на солнце.

* * *

— Хорошо дымит, — сказала Бекка, глядя на дымоход, когда они, обтекая, вышли на берег.

— Внутри будет тепло и уютно, — отозвалась тётя Фифи. — Я пойду сполоснусь под душем на улице, а ты заходи.

Бекка вымыла ноги у заднего входа и вытерла их полотенцем. Она открыла дверь и услышала треск.

— Бабушка?

В гостиной было пусто, тепло и уютно, как и предсказывала тётя Фифи.

— Уютно, — сказала Бекка. — Трескуче.

Она пыталась описать звуки, щекочущие её барабанные перепонки.

Она взглянула на печку. Та не дымила, но была горячей. Очень горячей. Чайник на печи дико кипел.

Но что трещало? Она не решилась открыть дверцу и заглянуть в топку.

Вся печка словно дрожала от тепла.

— Бабушка? — снова позвала Бекка. Она подошла к дровяному ящику за печью.

Дымоход был красным и выглядел зловеще. Там, где должен быть чёрным, он светился тусклой, огненной серьёзностью. Звуки раздавались такие, словно что-то внутри было живым, словно оно вот-вот восстанет и шагнёт в мир.

— Что-то не так, — сказала она вслух.

Она не могла поверить в происходящее. Она слышала об этом в школе и от родителей. И вот он — огонь!

И она была единственной, кто знал.

Хотя она не видела пламени, но чувствовала его. Она слышала, как огонь рвётся из печи и дымохода, — цепляясь, шепча и стремительно поднимаясь вверх. Наверху дымоход окружали высохшие кедровые доски бабушкиного потолка, идеальные для возгорания. Металлический лист, защищавший их от горячей трубы дымохода, вдруг показался хлипким и бесполезным.

На мгновение мир как будто замер. Тётя Фифи была в душе на улице, слишком далеко, чтобы позвать её. Дом переполнен спящими членами семьи: мама и папа, Пин и бабушка — все мирно спали, ожидая сегодняшнего приезда Молли и Ардет, тётушки Клэр и дяди Кларенса, а также Люси, Алисии, тёти Мэг и дяди Мартина и завтрашнего праздника в честь дня рождения Пин.

Но внутри дымохода в доме, где они спали, бушевал огонь.

Что ей делать?

«Девять один один», — подумала она, схватив бабушкин телефон. Она смотрела на свои пальцы, набирающие цифры, как будто те принадлежали кому-то другому — возможно, девушке из кино. Этого не может быть.

— Полиция, пожарные или скорая? — отрезал голос.

— Пожар, — сказала Бекка. — В бабушкином доме.

Но им не нужны были ориентиры вроде «третьего дома в бухте Боцмана» и «большого дерева» — единственные, которые могла придумать Бекка.

— Пожар по адресу, с которого вы звоните? — прервала дама.

— Да! — И перед тем как повесить трубку, Бекка услышала слабый звук сирены, доносившийся с середины острова, где была пожарная часть.

— Бабушка! — крикнула она, вбегая в спальню. — Вставай!

Её голос был скрипучим, как будто у неё в лёгких не осталось воздуха, но даже после этого бабушка резко села и опрокинула стакан с водой у кровати.

— Чёрт побери! — воскликнула она, всё ещё в полусне.

Позже Бекка вспоминала это «Чёрт побери!», и оно смешило её — самое крепкое ругательство бабушки. Но сейчас она просто ответила: «Огонь!» — и через секунду бабушка вскочила с постели. Бекка не стала ждать и рассказывать что-то ещё и бросилась наверх, в спальню к маме и папе.

— Вставайте! — крикнула она. — Пожарные едут! Бабушкина печь горит! Давайте! Берите Пин!

Она подскочила к корзине с Пин, схватила её и, прижимая к себе, стремительно спустилась по лестнице. Мама и папа — следом за ней, на бегу схватив одежду.

— Надо вынести её на улицу! — кричала Бекка. — Нам всем нужно на улицу!

— Боже, боже, — бормотала бабушка. — А остров сухой, как хворост!

Она села на нижнюю ступеньку и натянула обувь, затем вышла и посмотрела на то место, где над крышей возвышался раскалённый дымоход.

— Что такое? — спросила завёрнутая в полотенца тётя Фифи, с неё капала вода. — Мы завтракаем на улице?

— Пожар! — крикнула Бекка, прижимая к себе Пин. — Пожар!

Звук сирены усилился до болезненного визга. Через несколько секунд Мерлин и его пожарные уже бежали по дорожке к дому.

* * *

Мама и бабушка стояли в ночных рубашках, а Пин в ползунках уютно устроилась на руках у отца. Тётя Фифи всё ещё была закутана в банное полотенце, с её волос капала вода, а лицо было бледным от шока.

Проверив дом и немного побряцав в форме начальника пожарной команды, Мерлин отвёл Бекку внутрь.

— С дымоходом справиться очень легко, — тихо объяснил он. — Если заметить огонь рано, как было у тебя, то хватит даже небольшой чашки воды. Просто вылей воду прямо в топку и закрой дверцу, и пар потушит пламя.

Он показал Бекке, как это сделать, затем серьёзно посмотрел на неё. Бекка расплакалась.

— Ты поступила абсолютно правильно, — мягко добавил он, прижимая её ко всем своим пряжкам и снаряжению. — Ты настоящий, удивительный герой. — Затем его голос стал более мрачным: — Но я должен поговорить с твоей бабушкой и Фифи.

Теперь, когда опасность миновала, пожарные толпились на месте, обмениваясь рассказами об огне в дымоходе и восхищаясь Пин. Миссис Баркер сняла каску пожарного и поцеловала Пин.

Но Бекка слышала, как Мерлин завёл серьёзный разговор с бабушкой о состоянии её дымохода.

— Но я обычно разжигала совсем небольшой огонь, чтобы сжечь мусор, — виновато сказала бабушка. — Я так боялась пожара, что почти не использовала печь.

— Это распространённая ошибка, — ответил Мерлин. — Но именно из-за слабого частого протапливания засорилась нижняя часть дымохода. И ещё, Фифи...

— Я знаю, — сказала тётя Фифи. Её щёки порозовели, но не только потому, что она стояла перед пожарной командой в одном полотенце. — Я не послушала свою мать! Она говорила не разжигать сильный огонь, а я сделала по-своему. И смолистое дерево здорово разгорелось.

На миг её лицо исказилось, и она прикрыла глаза рукой.

Было странно видеть, как в беде тётя Фифи ведёт себя, словно ребёнок. Бекка подошла и взяла её за руку.

— Ты просто хотела, чтобы нам было тепло, — утешала она. — Мы чудесно поплавали.

— По крайней мере, креозот, засоривший дымоход, сгорел, — сказала бабушка Мерлину, и что-то в её голосе заставило Бекку броситься к ней.

— Вот... присядь, — предложила Бекка, раскладывая шезлонг. Бабушка опустилась в него самым непохожим на бабушку образом, будто у неё не осталось сил стоять.

— Изобель, это наихудший способ прочистить дымоход, — упрекнул её Мерлин. — И, Фифи... — Он долго смотрел на неё. — Будь осторожней, — предупредил он, умудрившись прозвучать одновременно свирепо и мягко.

Затем он собрал команду, и пожарные вернулись к дороге, с посвистыванием таща неиспользованные, свёрнутые шланги, топоры и огнетушители. Бекка услышала, как огромная пожарная машина рванула обратно в пожарную часть. Она так и не пригодилась. Слава богу.

Кей и Билл накормили их завтраком на террасе. Кей приготовила кексы и принесла домашнее печенье двух видов. Бекка впервые пила кофе, и это было очень интересно.

И она никогда прежде не видела Билла в пижаме. Это тоже было интересно, потому что на одном рукаве красовалась такая большая дыра, что она могла чётко разглядеть волосатую подмышку.

— Будем надеяться, что гуляния в честь дня рождения Пин окажутся менее тревожными, — сказала бабушка. — Когда мы доберёмся до них.

— Должны быть, — сказала Бекка, ухмыляясь про себя и добавляя в кофе ещё ложку сахара. — А может, и нет. Я пригласила Мерлина на вечеринку.

12. День рождения на острове

— Меня не волнует, пригласила Бекка Мерлина или нет, — донёсся с террасы голос тёти Фифи. — Я отказываюсь плыть с ним в лодке Арнульфа. Я просто не доверяю этому человеку. Он не смог завязать беседочный узел, чтобы спасти свою жизнь.

Бекке показалось, что тётя Фифи просто сердится из-за вчерашней почти катастрофы.

— *Зачем* ты пригласила Мерлина? — спросила бабушка у Бекки, когда они проверяли надувные камеры «Зодиака», готовясь к поездке на остров Камас в честь дня рождения Пин. — У нас и без него хватает семейных драм. Всё может сорваться в любую минуту! Мэг и Мартин, Люси и Алисия, Молли и Ардет, Клэр и Кларенс, твои мама и папа... мы очень конфликтны, когда собираемся вместе. Ты знаешь. Наверное, даже хорошо, что Катриона дежурит и не сможет приехать.

— Я подумала, что тётя Фифи может захотеть развести костёр, — сказала Бекка. — Будет безопаснее, если Мерлин окажется рядом, разве нет? И вообще он мне нравится.

— Что ж, ты отлично поработала над организацией вечеринки, — отозвалась бабушка. — У нас будет очень энергичная команда. Есть ли ещё кто-то, кого ты пригласила без моего ведома?

— Ага. Я позвала Мака. Он хороший и может научить меня каякингу.

— Мак! Но он ведь приедет на остров только сегодня вечером. У него работа.

— *Что* за работа? — спросила Бекка. — В любом случае я пригласила его, и он обещал быть.

— Что-то ты раскомандовалась в последнее время, — заметила бабушка, но тут же сама приказала: — Взяли!

Бекка подняла свою сторону «Зодиака», и они с бабушкой понесли лодку к морю.

Сразу за ними шёл папа с каноэ на голове. Тётя Клэр и дядя Кларенс последовали за ними с пляжными полотенцами, подарками на день рождения, купальниками, корзинами для пикника и сумкой-холодильником.

— Бекка, ты звонила Дугальду? — спросил папа, его голос был приглушён каноэ.

— Ветер переменный, от пяти до десяти узлов, — сообщила Бекка. Но остальные новости от Дугальда она оставила при себе: «К вечеру усиление северо-западного ветра от двадцати до двадцати пяти узлов».

Она знала, что, если скажет это, бабушка не захочет ехать, а идея отмечать день рождения Пин на острове Камас принадлежала Бекке. Возможно, это будет её единственная поездка туда этим летом.

* * *

— Целая флотилия! — воскликнула Бекка, оглядываясь. Вместе с бабушкой, Молли и Ардет она вела «Зодиак» вперёд.

— Только посмотрите! — воскликнула Молли. — Дядя Мартин сейчас перевернёт эту штуку, если не прекратит скакать. Почему он никак не сядет?

Потому что дядя Мартин решил снова взяться за парус «Бургомистра», несмотря на слабый ветер. Тётушка Мэг, Люси и Алисия пришли ему на помощь.

— Люси и Алисии грозит гребля, — ответила Бекка, перекрикивая гудение мотора.

Они видели, как Люси и Алисия спорят с дядей Мартином, в то время как «Бургомистр» всё больше и больше отстаёт от остальных членов семьи. Тётушка Мэг сползла на нос лодки, немного напоминая дядю Мартина в том первом тяжёлом путешествии.

— Тётушка Мэг выглядит не очень, — сообщила Ардет, рассмотрев её в бинокль. — И я не преувеличиваю. Она, наверное, хотела бы поплыть с нами.

— Или с мамой.

Бекка подумала о маме с Пин в рюкзаке-переноске, которые спокойно прогуливались по лесу в сторону пляжа, — там они с бабушкой подберут их и переправят на остров Камас.

Папа и тётушка Клэр отлично управлялись с вёслами. Дядя Кларенс разлёгся в середине лодки среди спасательных жилетов и подарков на день рождения. Бекка видела, как он жестикулирует руками, вероятно рассказывая папе о своей работе в африканских клиниках.

Тётя Фифи плыла на каяке Мака. Странное совпадение, подумала Бекка, что Мерлин появился в самый последний момент перед их отплытием и принёс каяк вместо лодки своего шурина.

— Арнульф до сих пор не пришёл в себя после моего рассказа о том случае, — признался он Бекке. — И вообще чем проще, тем лучше. Так что я купил подержанный каяк. Хорош, правда?

Он с гордостью продемонстрировал своё новое приобретение — каяк на двоих.

— Остерегайтесь подержанных лодок, — сказала Бекка, задавшись вопросом, согласится ли тётя Фифи покататься на каяке с Мерлином.

— Я ценю свою независимость, — заявила тётя Фифи, когда Бекка предложила ей. Но вне зависимости от независимости тётя гребла бок о бок с Мерлином, как сейчас могла заметить Бекка. И даже смеялась.

На острове Камас было солнечно и жарко. Дядя Мартин и тётя Клэр построили шалаш из коряг, чтобы Пин могла спать в тени, а мама и тётушка Мэг сидели в нём, ухаживая за Пин.

— Они — лучшее, что случалось со мной, Мэг, — говорила мама. — Бекка и Пин. Если бы их не было, для меня это сродни тому, как если бы я никогда не покидала родного города.

Странные вещи говорили друг другу взрослые, когда думали, что их никто не слышит. Бекка похрустывала галькой, наблюдая. Тётя Клэр, папа и бабушка стояли у кромки воды, осторожно поднимая камни, чтобы посмотреть, есть ли что-нибудь под ними.

— Хиллел, — Бекка услышала, как бабушка зовёт папу, стоя посреди приливной заводи, — иди посмотри. Голожаберный моллюск, такого я прежде не встречала.

В самом сердце острова дядя Мартин и дядя Кларенс гуляли по сухой золотой траве, глядя на возвышавшийся над ними маяк. Их голоса, то громче, то тише, доносились до Бекки, слов было не разобрать.

— По-моему, Бекка слишком мала для такого, — вдруг услышала она заявление Алисии.

— Нет! — громко возразила Бекка.

Она забралась на возвышенность на пляже и обнаружила, что все четыре кузины разлеглись среди коряг.

— Я не слишком мала. Для чего?

— Чтобы проплыть вокруг острова Камас, — объяснила Люси. — Мы с Алисией всегда хотели попробовать. И я не считаю, что ты слишком мала. Ты вывела нас из леса и привела домой, не так ли?

— Да, — подтвердила Бекка, свирепо глядя на Алисию. Та напомнила Бекке прекрасные серебристые деревья и желание, которое она тогда загадала.

— А ещё она спасла всю семью от пожара в дымоходе, — отметила Ардет.

— И плавала голышом среди падающих звёзд, — добавила Молли.

— И сама вывела «Зодиак» с места селёдочного нереста, — продолжила Бекка.

— И её поцеловал тюлень! — воскликнула Люси. — Бабушка рассказывала.

— Не сердись, — сказала Алисия. — Плыть долго! И вода холодная. А ты не привыкла так далеко плавать.

— Я смогу, — настаивала Бекка.

— Конечно, сможешь, — согласилась Молли. — Ты ночной пловец! И не испугаешься того, что будет плавать вокруг тебя или под тобой.

На секунду Бекка задумалась. Это была не их безопасная, знакомая бухта с дном из серебристого песка. Здесь, в проливе, водились дикие существа: косатки, тюлени и буйные морские львы, чьи лающие морды они с бабушкой видели весной, не говоря уже о стайках крошечной сельди, которые, должно быть, снуют повсюду после весеннего нереста.

— Мы попросим тётю Фифи и Мерлина поехать с нами на каяках, — сообщила Ардет. — Так что, если кто-то из нас устанет, они смогут вытащить его на берег.

* * *

— Я бы тоже поплавала, — сказала тётя Фифи. — Как насчёт того, чтобы пригласить бабушку и других тётушек пойти на лодках?

Так Бекка обнаружила себя плывущей между тётей Фифи и Ардет, в то время как Молли, Люси и Алисия устремились вперёд. Тётушка Мэг и мама плыли на каяке Мерлина, а бабушка и тётя Клэр — на каноэ.

— Посмотри на них, — Бекка услышала голос Мерлина, доносившийся с берега. — Из них получилась крупная стая. Или косяк?

Папа, Мерлин и дяди стояли на пляже и подбадривали.

* * *

— Сначала поплывём по течению, — сказала тётя Фифи. — Держись поближе к берегу, чтобы быть на его краю. Чтобы тебя не унесло в пролив.

С каждым гребком приливное течение несло Бекку вперёд. Внизу проносились зелёные водоросли и старые раковины устриц.

— Хочешь попробовать кролем? — спросила Ардет, и Бекка опустила лицо в воду и оттолкнулась, активно заработав ногами. Дно исчезло, и она могла разглядеть под собой лишь тень.

Когда она повернула голову набок, чтобы сделать вдох, тётя Фифи оказалась рядом.

За несколько минут они доплыли до первой точки. Бекка перешла на брасс.

— Они далеко впереди нас, — сообщила Бекка Ардет и тёте Фифи. Тётя Фифи спокойно двигалась дальше.

— Неважно, — отозвалась она. — Это же не гонка...

— Пора плыть на спине, — сказала Бекка.

Она смотрела в голубое небо, бешено работая ногами. Сейчас, если повернуть голову, можно увидеть травянистые берега этой стороны острова. На одном из них стоял папа, держа Пин и наблюдая за прогрессом Бекки. Мерлин был рядом с ним.

Она помахала.

— Как ты, держишься? — почти одновременно раздались голоса мамы и бабушки.

— Выглядит она прекрасно, — сказала тётя Мэг. — Как шелки.

— Устала? — спросила мама.

— Замёрзла? — вторила бабушка.

«И то и другое», — могла бы ответить Бекка. Но лишь улыбнулась.

— Я в порядке, — отозвалась она и изо всех сил принялась работать ногами.

Если бы она посмотрела на восток, то увидела бы далеко за проливом, на горизонте, высившиеся над материком острые заснеженные верхушки прибрежных гор. Море казалось огромным. А вода была тёмной.

Гребок... гребок... гребок... Руки разболелись, и она начинала чувствовать себя так, словно вместо ног у неё были лягушачьи лапки. Она снова и снова проталкивала себя вперёд.

— Становится мельче, — сказала Ардет. — Смотри, снова видно дно.

Они почти достигли южной оконечности острова Камас. Сейчас им придётся переплыть неглубокий канал между островом и скалами морских львов, где сегодня на летнем солнце греются тюлени.

Люси и Алисия ждали их, и Молли тоже.

— Легкотня, — заявила Алисия.

— Так чего ты ждёшь? — спросила тётя Фифи.

— О, мы просто решили дождаться вас, чтобы вместе пройти через тюлений канал, — ответила Алисия, глядя на Бекку. — На случай, если кому-то понадобится помощь.

Бекка плыла на спине, набираясь сил и украдкой поглядывая на рифы, занятые тюленями. Она вспомнила, как столкнулась нос к носу с одним из них. Вспомнила, как Пинни рассекала воду, спеша к своей матери. Отсюда тюлени выглядели упитанными и бесформенными, но она знала, какие они в воде. Изящные, мощные и совсем не похожи на людей.

Бекка взглянула на Алисию. Та этого не понимала.

— Плывём дальше? — спросили мама, бабушка и тёти.

Молли и Ардет, Люси и Алисия смотрели на Бекку.

— Да, — сказала она и снова заработала своими лягушачьими лапками.

В неглубоком канале они плыли против течения.

Толчок... гребок... толчок... гребок...

Тюлени на рифе повернули головы.

Алисия и Люси были прямо за ней.

— Они поплывут за нами? — тяжело выдохнула Люси.

— Не глупи, — ответила Алисия. — Плыви дальше.

Бекка не вымолвила ни слова. Краем глаза она поглядывала на тюленей.

Вдруг ей показалось, будто остались только они с Люси и Алисией. И хотя Молли, Ардет и тётя Фифи плыли совсем недалеко, а бабушка с мамой и другими тётями следовали на лодке позади, было такое чувство, что здесь больше никого. Вода была тюленьим домом, а она — их гостем.

— Ну, всё не так плохо, — громко заявила Алисия. — Не *так* уж и страшно.

Услышав её голос, десятки тюленей подняли головы. Их тёмные глаза и усатые морды уставились на девочек.

— Просто плыви, — прошептала Бекка. — Молча.

— Я не боюсь, — продолжала Алисия. — Пусть прыгают в воду, мне всё равно.

Бекка оглянулась. Тюлени всё ещё наблюдали за ними.

Метр за метром они проплывали побережье. Течение в канале ослабло, а затем и вовсе исчезло, потом они свернули за угол и направились вдоль западного берега, оказавшись в неспокойных волнах, хлеставших Бекку по лицу.

Через несколько минут тюлени скрылись из виду.

— Почему это было так странно? — удивилась она.

— Не знаю, — ответила Люси. — Было страшно.

— Вы, девочки, трусишки, — заявила Алисия.

— Глупо было не нервничать, — тяжело выдохнула Бекка, продолжая плыть брассом. Она вспомнила, как морские львы бросались друг на друга на расстоянии вытянутого весла от неё. Люди их не интересовали.

Алисия фыркнула или, может, просто захлебнулась водой, попавшей в нос. Тут их догнали тётя Фифи, Молли и Ардет. Бекка могла разглядеть на пляже папу с Пин, Мерлина и дядю Мартина. С Мерлина слетела шляпа, и ему пришлось бежать за ней, а дядя Мартин зачем-то размахивал руками и выглядел взволнованным.

Но Бекка продолжала плыть. Теперь у неё болели лёгкие, а горло саднило от морской воды, которую она случайно проглотила. Её руки и ноги казались дряблыми и обессиленными, и было такое ощущение, что плыть стало ещё труднее.

— Хочешь отбуксируем? — спросила бабушка.

— Нет, — закашлялась Бекка, пытаясь дышать. Она хлебнула целый рот морской воды.

Молли, Люси и Алисия снова оказались впереди, и даже Ардет решила плыть с ними. Рядом осталась только тётя Фифи.

— Мартин и Мерлин, кажется, повздорили из-за чего-то, — заметила тётя Фифи. — Как бы Мерлин не развязал драку на прекрасном вечернем пикнике.

— Фифи! — воскликнула бабушка.

— Вот увидишь, — лишь ответила тётя Фифи. — Как дела, Бекка?

Бекка открыла рот.

«Хорошо», — хотела она сказать, но ничего не вышло.

Она снова перевернулась на спину, но вода продолжала накрывать её с головой, поэтому пришлось вернуться на живот.

— Отбуксировать тебя? — спросила тётя Фифи, когда мама и тётя Мэг проплывали рядом с ними.

Бекке хотелось, чтобы они перестали спрашивать.

— Ладно, — сказала тётя Фифи. — Я буду плыть рядом, если что, цепляйся за меня. Мама, я много думала насчёт сада, — продолжила она, пыхтя каждый раз, когда делала гребок. — Учитывая огромный успех Бекки, — а это был первый год за всю историю, когда в саду появилась морковь толще детского пальца, — очевидно, что тебе придётся пересмотреть своё мнение насчёт такого важного вопроса, как *мульча из водорослей*.

— Я не хотела провоцировать спор! — задыхаясь, воскликнула Бекка.

— Ты знаешь, что я думаю о водорослях в саду, — ответила бабушка, не обращая внимания на Бекку. — Я не устраивала бы такую шумиху из-за них, и Бекка очень много работала, но в водорослях слишком много соли, и откуда тебе знать, что она не просочится через почву и не загрязнит колодец?

— Ой, об этом я не подумала! — попыталась сказать Бекка, но тётя Фифи уже опередила её.

— Кей и все остальные согласны, что это полная... — И тут, должно быть, волна ударила тётю Фифи в лицо, потому что Бекка не расслышала следующее слово. — В любом случае я привезла с собой подборку статей о пользе мульчи из водорослей, — продолжила она. — Все научные. Почему бы тебе в кои-то веки не перестать упрямиться, а проявить благоразумие и принять правильную точку зрения? И вообще, это было бы жестоко, жестоко! — не поддержать большой прогресс, достигнутый Беккой. Бекка! Вот кто действительно знает, что растениям нужно больше, чем глоток воды раз в два дня!

— Фифи! — закричали одновременно мама, тётушка Мэг и тётя Клэр.

— Ой, извини, мама, — бодро сказала тётя Фифи. — Не хотела показаться грубой! Я имею в виду, может быть, попробовать? И Бекке тоже было бы приятно после всей работы, которую она проделала. Да, Бекка?

Бекка не знала, хочется ей отвечать или нет.

— Всё равно в это время года на пляже не найти достаточно водорослей, — возразила бабушка, тяжело дыша от гребли. — И кто будет таскать тележку с пляжа в сад? Хотелось бы знать. Уж точно не ты! Ты слишком занята своими пирогами с ежевикой и вечными спорами с единственным водопроводчиком на острове, не говоря уж о...

Внезапно Бекка осознала, что они вернулись на пляж, с которого отплыли. Алисия и Люси, Молли и Ардет, шатаясь, выходили из воды, как морские существа, не привыкшие к суше.

Мама и тётя Мэг пристали на каяке к берегу, а бабушка спрыгнула с носа каноэ, чтобы вытащить его на пляж. Тётя Фифи и Бекка медленно плыли на волнах, которые выносили их на гальку, то поднимая, то опуская.

«Я смогла», — подумала Бекка, лёжа лицом вниз на чистых, омытых морем камнях. Обнимая землю. Она повернула голову и посмотрела прямо в лицо тёте Фифи.

— Почему ты так неожиданно заговорила о водорослях? — спросила она.

— А почему бы мне не поговорить о водорослях, если хочется? — вопросом на вопрос ответила тётя Фифи. — Что, теперь нельзя даже поднимать эту тему, не говоря уже о том, чтобы что-то сделать?

Но выглядела она чрезвычайно довольной.

Бекка догадывалась. На самом деле спор вёлся не ради морских водорослей. Так тётя Фифи решила помочь Бекке доплыть, и, возможно, бабушке тоже.

* * *

— Ура кругосветным путешественницам! — кричали Мерлин, папа и дяди.

Дядя Кларенс сфотографировал всех пловцов вместе, а затем пловцов и гребцов отдельно.

— Как насчёт снимка со всеми кузинами? — спросила бабушка. — Мне нравится, когда внуки выстраиваются в линию.

— Я даже не думала, что у тебя получится, — сказала Алисия Бекке. — Но ты справилась! Может быть, в следующем году мы проплывём вокруг большого острова. Что скажешь?

— Встанете у этого бревна? — спросил дядя Кларенс. — Можете выстроиться в линию по росту.

Бекка прижалась к мокрой руке Люси, всё ещё дрожа, хоть и держала укутанную в одеяла Пин. Пока дядя Кларенс делал снимки, она почувствовала прикосновение чего-то тёплого и пушистого — тётушка Мэг быстро проскользнула, чтобы накинуть куртку на Бекку и Пин.

— Смотрите на море и улыбайтесь! — скомандовал дядя Кларенс.

Бекка послушалась. Её мокрые волосы прилипли к голове, а неистовый северо-западный ветер — то самое штормовое предупреждение Дугальда для малых судов — дул ей прямо в лицо.

*   *   *

Много после того, как все они вернулись в бабушкин дом, после ветреного пикника с фаршированными яйцами, песочным печеньем, праздничным тортом и вонючим сыром, который пришлось попробовать по настоянию Мерлина, Бекка сидела в одиночестве и думала о сегодняшнем дне. Но не о том, что Алисия повела себя грубо, а затем практически пригласила её поплавать вокруг большого острова. Не о том, что её окружали тёти и кузины, пока она плыла вокруг острова Камас, и не о дядях. Не о счастливом моменте вручения подарков Пин, который стал ещё лучше благодаря подарку в честь появления сестры для Бекки от тётушки Мэг и дяди

Мартина — очень хорошей маске и трубке для плавания.

И не о том, что она заметила на фотографии, которую сделал дядя Кларенс: на ней в ряд стояли Ардет, затем Молли и Алисия, потом мокрая и дрожащая Люси и в самом конце Бекка с Пин на руках. Но она оказалась не последней. Внезапно появилась тётушка Мэг с курткой и осталась с краю, попав на снимок.

Бекка поняла, что на фотографии есть ещё один ребёнок — кузен или кузина. Даже меньше Пин. Только его не было видно, потому что он рос внутри тётушки Мэг.

Но даже не это больше всего запомнилось Бекке. Больше всего она запомнила спасение: как доблестно тётя Фифи и Мерлин поплыли на каяках обратно на большой остров, когда ветер усилился настолько, что маленькие лодки не могли вернуться, и без спроса взяли лодку Арнульфа, но на этот раз управлял ею Мак.

И да, Мак пришёл. Он появился вместе с непогодой с информацией об атмосферном фронте, гребнях высокого давления и штормовом предупреждении для малых судов, потому что он как раз закончил свою работу — метеоролога.

И он был не просто метеорологом.

— Ты знала? — спросила Бекка бабушку. — Мак — это Дугальд! Неудивительно, что его голос всегда казался таким знакомым!

Но бабушка только улыбнулась и сказала:

— Он привёз ещё кое-что, кроме прогноза погоды.

И из трюма в лодке появилась голова, а затем и фигура в оранжевом спасательном жилете.

— Угадай что! — обратился Мак к Бекке, помогая ей сесть в лодку Арнульфа.

— Что? — не поняла Бекка. — И кто это?

— Я — двоюродный дедушка! — объяснил Мак. — А это Джейн, моя внучатая племянница, приехала в гости. И она очень-очень хорошо управляется с тачкой. Можно сказать, у неё богатый опыт.

Джейн! Волосы растрёпаны, колени содраны и дыра вместо одного из зубов.

— Это был не молочный зуб, — сказала она Бекке. — Я въехала в дерево на велосипеде. Хотела проверить, как далеко смогу проехать с закрытыми глазами, ни во что не врезавшись. Ты правда проплыла вокруг острова? И спасла семью из горящего дома?

— Ну, типа того, — отозвалась Бекка.

— Чем займёшься сейчас?

— Вообще-то, я хочу обойти большой остров пешком, — поделилась Бекка, когда они уселись на дно лодки. — Мы могли бы взять рюкзак, кучу еды и...

— Да! — согласилась Джейн. — А как вернёмся домой, можем поплавать под луной.

— Голышом! И наблюдать за падающими звёздами, — добавила Бекка.

— Можем спать на берегу, — продолжила Джейн.

— Можем разыграть спектакль, — предложила Бекка. — Тётя Фифи и Мерлин нам помогут.

— Можем попросить дядю Мака научить нас каякингу.

— Можем отправиться в море под парусом!

— Можем обогнуть большой остров, — дополнила Джейн. — Или доплыть до острова Камас и переночевать там.

— Я покажу тебе дубовый лес... — пообещала Бекка. И замолчала, вспомнив давнее желание, которое прошептала в тёплую древесную кору.

Оно сбылось. Оно действительно сбылось, думала она, пока лодка Арнульфа плыла сквозь сумерки по вечерним волнам, а позади них маяк острова Камас монотонно и размеренно мигал среди растущей темноты.

Содержание

Дейдра Бейкер

БЕККА НА МОРЕ

Ответственный редактор *Екатерина Сорокина*
Литературный редактор *Жанна Гордеевцева*
Художественный редактор *Юлия Прописнова*
Корректор *Ксения Казак*
Верстка *Максима Залиева*

Подписано в печать 01.03.2021.
Формат издания 128×188 мм.
Печать офсетная. Тираж 3000 экз.
Заказ № 127309.

Издательство «Поляндрия Принт».
197342, Санкт-Петербург,
Белоостровская ул., д. 6 литера А, пом. 30-Н часть пом. 2.
www.polyandria.ru, e-mail: info@polyandria.ru

Страна-производитель — Латвия
Наименование производителя — Sia Pnb Print
Юридический и фактический адрес производителя —
«Jansili», Silakrogs, Ropazu Novads, LV-2133, Latvia
Импортёр / дистрибьютор — ООО «Поляндрия Принт»
Юридический адрес импортёра / дистрибьютора —
Россия, 197342, Санкт-Петербург, Белоостровская ул., д. 6,
лит. А, помещение 30-Н часть пом. 2.
Наименование и вид продукции — книга для детей
Дата изготовления — 01.03.2021
Торговая марка — «Поляндрия»

В соответствии с Федеральным законом № 436-ФЗ
«О защите детей от информации,
причиняющей вред их здоровью и развитию» маркируется знаком

6+

ЕАС